CB121363

Os mundos daquele tempo

Os mundos daquele tempo

Olavo Romano

Ilustrações Herculano Ferreira

2ª edição pela Caravana
6ª edição pela Atual, desde 1996

CARAVANA

Belo Horizonte · 2022

Coordenação editorial: Leonardo Costaneto
Revisão: Caravana Grupo Editorial
Ilustrações: Herculano Ferreira
Capa e editoração eletrônica: Poliana Guimarães

www.caravanagrupoeditorial.com.br
caravanagrupoeditorial@gmail.com
Fone: 55 31 973066624
www.facebook.com/caravanagrupoeditorial
@caravanagrupoeditorial

Catalogação na Publicação (CIP)

Romano, Olavo, 1938-
R759m Os mundos daquele tempo / Olavo Romano ; ilustrações Herculano Ferreira. – 2. ed. – Belo Horizonte : Caravana, 2022.
120 p. : il. p&b.

ISBN 978-65-5061-012-8

1. Literatura infantojuvenil brasileira I. Ferreira, Herculano II. Título

CDD: 808.899282

Bibliotecária responsável: Cleide A. Fernandes CRB6/2334

Memórias

"Um gambá cheira a outro." Assim diz o povo quando duas pessoas têm afinidade. Eu e Herculano vivíamos tratando uma prosa, nunca dava jeito. Em 87, convidados pela Secretaria de Cultura de Minas Gerais, passamos duas semanas no navio-gaiola Benjamim Guimarães, entre Pirapora e Manga, trabalhando e convivendo com os barranqueiros do rio São Francisco. Nas horas vagas, em longas noites sob céu estrelado, enquanto viajávamos – ou, ainda, no intervalo dos muitos encontros com pescadores, caçadores, antigos vaporzeiros – combinamos de trabalhar juntos.

Começamos, agora, do começo: a história da infância do próprio Herculano, lá na Caixa d'Água. Muito aprendi fazendo este livro, ilustrado com magia e sensibilidade pelo personagem-narrador, de volta às coisas vistas e aprendidas com José Terceiro. Horas esquecidas de conversa deixaram no gravador imagens e sentimentos conservados na memória. Depois, como meada que se desembola, Herculano foi de novo à sua terra, relembrou, especulou, conferiu, tirou teima. tudo registrado (às vezes arrancando com sovela e saca-rolha), ele mesmo quis transcrever a fita, maneira de não perder nada e, quem sabe, ainda agarrar mais uma isquinha de vida nos socavões do bestunto.

Em cima do original, me debrucei. Menino de Morro do Ferro, mudei de mala e cuia pra Caixa d'Água. Andei de trem de ferro e bicicleta, caminhei por trilho e mato seguindo rastro de bicho, cheiro de fruta, pio de ave; catando articum, gabiroba, cajuzinho e araçá; pelando de medo de cobra, agarrado na casaca de São Bento a poder de reza forte e muita fé. Dia de chuva, era com Santa Bárbara e seu marido Jerônimo, virado Jeromo na língua do povo, xará do herói do sertão, nas tardes de novela da Rádio Nacional.

De noite, quando estiava, era pegar o tição e sair caçando vagalume, luzinha errante no brejo em tempo de Natal. Aí, bastava rodar o tição e cantar a cantiguinha infalível...

Olavo Romano

A casa nova

A casa Nova ficava no meio do morro. Quando começou a construção da rodovia os tratores desciam zunindo, aquelas enormes Caterpillar na maior banguela, o terreno tremia todo, a ponto de rachar a casa. Mas dormir com tudo tremendo – a cama, o chão, as paredes – era gostoso, diferente da pasmaceira de sempre.

Minha mãe é que não gostava. Viva nervosa, não dava sossego pro meu pai: "Estão destruindo nossa casa, João. Se continuar assim, a gente acaba no tempo". Mesmo sendo de pouco falar (o apelido dela era Maria Caladinha), aprontava ladainha. Um dia ele me pegou, fomos ao acampamento. No caminho, falou o que ia fazer lá. Eu tinha pena do nervosismo da minha mãe. O medo dela, a preocupação das máquinas derrubarem a casa com a trepidação, tudo fazia mal pra gente. Mas e se os homens resolvessem ir embora, fazer a estrada noutro lugar? De repente, voltava a vidinha chata de sempre, sem novidade, não tinha graça nenhuma. Foi como se meu pai adivinhasse meus pensamentos. "Eu até que não ligo. Se derrubarem a casa, a gente faz outra. O importante é que as coisas estão melhorando, a estrada traz progresso, mesmo antes de ficar pronta". É, apesar da cara preocupada da mamãe, da casa abalada, cheia de trincas, as coisas estavam melhorando. Minha mãe, medrosa e preocupada, vivia agarrada com santos, rezas e promessas, pedindo a Deus pra Omar conta da gente, porque o marido não ligava muito pras coisas. Pelo menos, era o que ela achava, certas horas. Eu não concordava não. Só tinha pena, às vezes. O pai conversava muito comigo, falava dos planos dele, do que achava do mundo, então eu tinha mais confiança.

"Agora, a gente mata vaca, mata porco, o movimento da venda aumentou, o dinheiro corre, nem tem comparação." Já não era mais o tempo das onças esperando limpar o porco, ver o que ia sobrar pra elas. O casal de jaguatirica, sentadinho, que nem dois gatos, perto do terreiro, a gente por ali, elas nem tchum. Aí alguém jogava um pedaço de barrigada, algum agrado assim, uma ia lá, pegava, as duas comiam juntas, quietinhas, sem medo nenhum. Com o trabalho do trator, dia e noite, elas tinham se assustado, com certeza se escafederam mato a dentro, podiam até não voltar mais. Engraçado, tudo mudando, mas o lugar era o mesmo, só um pouquinho distante da Casa Velha. Os seres é que eram outros: tratores roncando, aviões passando, de noite pareciam vagalume ou estrela andando, apaga aqui, acende mais adiante, picando, piscando. Uma luz meio azulada, a gente acompanhando de olho e ouvido atento, um ajudando o outro a localizar o avião no céu escuro.

Minha mãe e vovó Mariolina, mãe dela, diziam que à noite não podia olhar avião, que eles transportavam almas penadas. E ninguém era bobo de olhar. Engraçado que de dia eles passavam sempre, não tinha problema nenhum. Agora, de noite, tudo mudava. Avião, aí, voava sozinho, por contra própria, que nem fantasma.

Meu pai conversou com os tratoristas, pediu pra eles passarem mais devagar na porta da venda, evitava assustar as crianças e não abalava a casa. Foi uma conversa boa, eles até pararam de jogar baralho pra escutar melhor, prestar atenção, atender meu pai. De longe a gente tinha ouvido a gritaria deles, só podia ser truco, único jogo que põe as pessoas meio doidas, aprontando a maior confusão...

Depois daquela conversa, minha mãe sossegou, a freguesia da venda aumentou mais um pouco e nós passamos a frequentar o acampamento, que ficava no alto do morro, na parte da frente. Dali a estrada descia, depois subia, fazendo um U. No acampamento, o que mais me impressionava era o tamanho das Caterpillar, amarelonas, os pistons niquelados, paradonas, quietas. Pareciam monstros descansando, dormindo, pra recomeçar de madrugada. Uma coisa que não esqueço – nem vou esquecer nunca – é o cheiro de óleo das máquinas, cheiro novo, desconhecido naquelas bandas, forte e desigual de tudo que tinha existido antes. Aquele cheiro entrava pelo nariz, chegava até a garganta, era como se tivesse um gosto, um sabor, uma coisa que nunca mais senti...

Na volta pra casa a noite era um breu. O caminho era iluminado por tochas de estopa com óleo queimado, amarradas num bambu comprido. Uma beleza aquele fogo enorme, clareando tudo, meu pai carregando, todo imponente, o vento batendo e a chama resistindo, balançando, dando fumaça... mas nada de apagar! Lembro daquilo como se fosse hoje. Ainda sei o rosto do meu pai dando luz e sombra, ele caminhando, eu junto, a estradas, o trilho, a noite alumiada pela tocha de estopa amarrada no bambu.

Lampejo

Nessa época mudou pra Caixa d'Água um tropeiro chamado João Sabino. Ia pra Goiás, Paracatu, comprando burro bravo. Trazia pra Itapecerica, amansava, desde o primeiro repasso, o bicho, xucro, renegando arreio, não deixando nem passar perto. Com jeito e firmeza, ele dava o primeiro repasso, segundo, terceiro, ainda de bridão. Depois, saía acertando, de boca e marcha, desassustando o animal, firmando o passo, na maior competência.

Alto, grandes bigodes, bota de sanfona, chapéu de aba larga, João Sabino era uma pessoa do outro mundo, espécie de herói pra todos nós. Jacira, a mulher dele, ficava em casa com Artur, meu colega e amigo. Era a mulher mais bonita que tinha aparecido por aquelas paragens. Eu ia sempre lá, com desculpa de ser amigo do filho dela. Mas gostava mesmo era de ver Jacira, ficar olhando aquele cabelo anelado, preto, preto... Vistosa, bonitona, era um desperdício ser casada com um homem que não parava em casa, mais preocupado em mexer com burro bravo. Se eu fosse grande e casado com uma mulher daquela, largava tudo, arranjava um serviço mais caseiro, comum, mas não ia ser bobo de passar a vida por esses mundos distantes, só vendo a família de vez em quando.

A horta tinha as frutas mais raras da Caixa d'Água. Toranja, laranja-da-terra, cidras enormes, fora outras espécies que não existiam nas outras casas.

Todo lugar que a Jacira ia, a gente ia atrás, eu mais o Artur. Um dia, sentamos debaixo de um pé de jatobá, aquela sombra boa, barulho de passarinho, de vez em quando uma aragem bulindo com as folhas, a gente se distraiu reparando numa carreira de formiga-cabeçuda, até esqueceu de Jacira lavando roupa na bica, bem em frente. De repente, dei uma olhada, nem entendi, assim na hora, o que aconteceu. só sei que senti um calor forte, um fogo no rosto, a garganta seca, nem vi que o Artur estava do meu lado, olhando eu olhar a mãe dele, toda distraída, lavando roupa, esfregando cada peça, as pernas abertas, completamente desprevenida. Aquilo tudo aconteceu assim de repente, dum jeito tão bonito, como se o mundo parasse, tudo ficando meio encantado.

Depois eles mudaram, não sei pra que lonjuras – se Goiás, Mato Grosso ou Paraguai. O quintal de toranja virou tapera, nós fomos pra Itapecerica. Cresci, saí de lá, muita coisa mudou dentro de mim. Mas nunca vou esquecer Jacira, aquele belo lampejo de sexo, a primeira mulher que eu vi na vida, de verdade.

Beato Djalma

Ninguém sabe de onde ele apareceu. Longas barbas, hábito e sandália de São Francisco, anunciava o fim do mundo, mandava o povo jejuar e fazer penitência, arrepender dos pecados e mudar logo de vida. Impressionado e com medo, o pessoal saiu da casa, parou de trabalhar, de ir a festa, de conversar fiado, beber pinga e contar piada, foi todo mundo morar com o beato debaixo de uma mangueira antiga, copadona, perto da casa do tio Chico, o Tichico. Este, como quase todos na Caixa d'Água, resolveu acompanhar o beato em peregrinação, enquanto o mundo não acabava. Mas, antes, vinham os preparativos, com muita reza, cânticos, contrição, arrependimento. E jejum rigoroso. Nada de carne, ovo, comida pesada. Carecia purificar o corpo, dobrar o espírito, vencer a tentação. Por muitos dias, só tomavam mingau de maisena. Tia Esmeraldina, dona da casa e mãe do Tichico, comandava a preparação do mingau, aquelas panelonas enormes, o povo em roda, esperando. Não havia maisena que chegasse, toda hora vovô tinha de providenciar mais, pra não acabar o estoque da venda. Na hora do aperto, araruta mesmo servia.

Volta e meia o beato fazia um sermão lembrando que o fim do mundo estava próximo, falando do perigo de muita gente ser pega em pecado, mas que, rezando e arrependendo, fazendo penitência e pedindo perdão, podia ser que Deus tivesse misericórdia. Aí puxava cantos religiosos, o povo entoando na maior devoção, às vezes em grande tristeza, uns com voz grossa, outros, chorando, alguns caprichando naquele cantar esganiçado, fininho, que nem folia-de-reis.

Quanto chegou o dia, todo mundo acordou antes do amanhecer, o céu ainda coalhado de estrelas. Prepararam um café, um quebra-torto, comeram e saíram pro mundo, de vela acesa, cantando, cantando...

A Caixa d'Água esvaziou. Só meu pai, meu avô e eu não acompanhamos o beato. foi a coisa mais esquisita do mundo... Eu pensava na minha mãe, no meu irmão, no Tichico e na tia Esmeraldina, na Dindinha, no pessoal todo, ficava imaginando se a gente não ia mais se encontrar, será que o mundo ia acabar mesmo, quem é que conseguia, quem não conseguia se salvar... Os cachorros, os porcos, as galinhas, ninguém pra tratar deles, iam terminar fugindo, caçando comida no mato, virando bicho selvagem. As casas, sem quem cuidar, com pouco viravam tapera. Mas, com tudo isso, era bom ter meu pai e meu avô ali, sempre juntos, sempre companheiros.

Na primeira noite, sem conseguir dormir direito, perguntei pro vovô Herculano:

— O senhor acha que o mundo vai acabar mesmo?

— Vai.

— Em água ou em fogo? – quis saber, apavorado.

— Nem um nem outro. Em terra.

— Como, em terra?

— Debaixo de sete palmos. O mundo só acaba pra quem morre – explicou.

Lá era assim. Minha avó, muito religiosa, sabia todas as rezas e ladainhas, contemplava mistérios. Dolorosos, gloriosos, gozosos, conforme o dia da semana. Já vovô, ao contrário, não era chegado a esses assuntos. Daí a resposta dele.

Com poucos dias, os peregrinos começaram a voltar. Meio jururus, meio doidos. Uns mais, outros menos. Tichico, mais.

— De tanto escutar o beato, ficaram invocados – sentenciou meu avô.

— E de olhar o sol também, olho parado, sem piscar – lembrou meu pai.

Com o tempo, as coisas foram voltando ao reme-reme de sempre, a vidinha da Caixa d'Água parecia entrar outra vez nos velhos eixos. Mas o lugar nunca mais foi o mesmo. Nem as pessoas.

A lua

Na Caixa d'Água não tinha luz. Então, de noite, a gente vivia de olho no céu. Acompanhava o movimento das estrelas, sabia o nome de muitas delas. Sozinhas ou reunidas. O Cruzeiro do Sul, o Sete-Estrelo, as Três Marias, o caminho de São Tiago, a estrela-d'alva, de madrugada, anunciando o romper do dia. De acompanhar o Cruzeiro, por exemplo, a gente sabia que o céu virava, dava cambota.

A Lua regia a vida das pessoas. Pra tirar lenha, pescar, castrar gado e cachorro sem arruinar, influía em tudo. Na dureza ou no caruncho da madeira, amolecendo os dentes dos peixes, fazendo o gado mudar de cor, ficando com o pelo mais claro ou mais escuro. Minha mãe dizia que a Lua encantava as pessoas e tinha muito poder. Que tudo de ruim vinha dela. Almas penadas, vestidas de branco, assombrações, mula-sem-cabeça, tudo aparecia com a Lua. Menos o Saci, que é no ridimunho, de dia, formado pelo vento. Principalmente mês de agosto, tempo de cachorro doido.

— A Lua já foi mulher – garantia minha mãe, com ar misterioso.

Ela nascia atrás da capoeira, no fundo da Casa Velha, bem dentro da nossa horta. De tanto ficar vendo a Lua nascer, um dia tive uma ideia. Que criança, o que mais tem é ideia. Só que gente grande não tem paciência, nem fica sabendo da maioria delas. Mas eu, com meu pai e meu avô, podia inventar o que quisesse. Então, falei por meu pai:

— A Lua hoje vai ser grande e cheia, não vai?

— Vai, por quê?

— Tô pensando numa coisa. Catar um bambu, subir nessa mangueira mais alta...

— E aí?

— Quando ela passar no meio dos galhos ou perto da mangueira, dou uma bambuzada e derrubo ela aqui no fundo da horta. Aí a gente pode chegar perto, examina bem, vê se tem mesmo o São Jorge com o dragão... Ah, e o cavalo, né?

Meu pai não falou nada. De tardinha, depois da obrigação, pegou uma faca bem amolada, cortou um bambu dos grandes, limpou, deixou no jeito, encostado no pé de manga.

Na hora que o clarão ficou bem bonito atrás da capoeira, eu subi na árvore, bambu na mão, os dois na janela da cozinha tomando conta, vigiando.

— Põe sentido, que ela já vai apontar! – preveniu meu avô.

— Apontou! – avisou meu pai, alegre feito menino.

Do alto do pé de manga, bambu na mão, pés bem firmes na forquilha, eu vi a Lua aparecendo. Quando ela acabou de apontar, coloquei o bambu na posição.

— Será que já pode? – perguntei.

— Pode. Concentra bem, vai com fé! – respondeu meu pai.

— Firma, apoia, pra não desequilibrar – aconselhou meu avô.

Enquanto experimentava uma primeira cutucada, quis saber:

— Aqui?

— É aí mesmo. Será que o bambu vai dar?

— Acho que vai! – respondi.

Chuchei, chuchei, com a maior força, com toda a fé, como mandou meu pai Os dois, da janela da cozinha, ajudavam:

— Mais pra cima!

— Isso, força!

Eu lá, pelejando, eles ajudando. De repente me deu uma agonia danada. Eles me animavam mas eu não sabia se estava conseguindo. Aí a Lua subiu, saiu do meu alcance. De tão chateado, desacorçoei de falar.

— E aí, valeu a pena? – perguntou vovô, quebrando o silêncio.

— Ah, acho que não deu, não.

— Deu, sim! – garantiu meu pai.

— Acompanhei tudo. Daqui a gente viu, direitinho! Você conseguiu, Zezito! – falou vovô, meio gritado, como se me desse os parabéns.

— Mas eu não senti nada... – respondi, duvidando.

— É porque ela é de fumaça, aí a gente não sente quando cutuca. Mas você pode ter certeza! – garantiu meu pai uma vez mais.

Ele falou e olhou pro meu avô, que sacudiu a cabeça e fez uma cara muito boa, muito feliz, confirmando.

Não sei por quê, lembrei da minha mãe, dizendo que a Lua era assombrada, não era coisa deste mundo...

Uma noite, tempos depois, eu estava com meu irmão quentando fogo no rabo do fogão, já meio dormindo. A janela da cozinha era agarrada no fogão. Meus pais estavam lá fora, no cômodo da frente, onde ficava a venda. Era tempo de frio, a gente começou a cochilar quentando fogo. Meio dormindo, meu irmão levantou a cabeça, olhou pra janela e gritou apavorado: "Mãe, acode! Uma cara, uma carona!" Virei o rosto e vi a cara maior e mais branca do mundo, assustei também.

Disparamos casa afora. Varamos o corredor, chegamos esbaforidos à venda. A venda, àquela hora, ficava cheia de gente, que passava por lá, comprava alguma coisinha e dava um dedo de prosa antes de ir pra casa dormir. Gritamos tão assustados que todo o mundo foi ver o que podia ser. Vovô Herculano chegou na frente, querendo decifrar o mistério.

Sem conseguir falar direito, apontei, mostrando.

— Que que foi? – indagou vovô, sem entender.

— Ali! Na janela...

— A carona! – apontei, apavorado.

— Que carona, que nada, menino. É a Lua cheia, a mesma que você queria derrubar. Lembra?

O jeito tranquilo do vovô me fez sentir vergonha. Ele era sempre assim. Com sua voz calma, repetiu a frase que, na família, todos conheciam de cor: "Sabe, ninguém há de ser obrigado; nem a ser corajoso. Mas só tem uma coisa que espanta o medo: é o saber". Depois, virou pra nós e falou:

— É a Lua, gente! Pra que ter medo dela?

Falou e foi saindo na frente, o povo atrás, voltando pra venda. Minha mãe ficou comigo e meu irmão. Como se conversasse com ela mesma, murmurou:

— Que é a Lua, é, qualquer um vê. Mas será que ela tá sozinha?

A pergunta botava dúvida na gente, nem bem o medo

tinha ameaçado passar. E, com dúvida, como é que alguém vence o medo?

Nessa mesma noite um caçador tinha matado uma coruja. Com a coruja morta – orelhuda, enorme, pendurada pelos pés – parou pra tomar um trago e render assunto. Arrastava mala, dizia que não tinha medo de coisa nenhuma. "Nem deste nem do outro mundo. Se é que tem outro mundo, que ninguém voltou pra garantir." Mas ficava preocupado toda vez que escutava piar a companheira da coruja morta, que o vinha seguindo o tempo todo, até pousar na Casa Velha.

Aí alguém disse:

— Coruja rasga mortalha, quando canta em riba duma casa, é morte certa...

— É, os antigo usava dizer mesmo – concordou outro.

Um terceiro emendou:

— Cê tava falando em mortalha, tem aquele ditado que "casamento e mortalha, no céu se talha...".

— É, diz que o que Deus risca, o homem não tem ordem de cortar...

Nesse ponto a conversa esquentou, uns dizendo que o destino já vem traçado de nascença, outros preferindo viver a vida, deixar essas conversas pra lá...

Zé Dorinho, um dos presentes na venda, aquela noite, comprava ovo pra Mané Hilário, de Itapecerica. Sua mula era especial. O dono montado em cima, dois grandes balaios de taquara, saía em passo lerdo pelas fazendas, cada dia pra uma banda: Cachoeira, Inácio Caetano, Casa Queimada, Barra, Lameus, Sucupira, Gama, Espraiado, Caixa d'Água. Em cada lugar, um dedo de prosa, pausa pra descanso e troca de novidades. A dona da casa ia lá dentro, voltava com uma bandeja de café com biscoito de polvilho, broa de fubá, queijo fresco, ainda chorando, pão de queijo, às vezes banana prata, docinha, apanhada de vez, quase madurando. Depois da pausa e prosa, vinha a cuia cheia de ovos, que o Zé, jeitoso, colocava no balaio, entre camadas de capim. Pagava, agradecia os agrados, despedia, pegava a estrada de novo. Até a outra parada. Naquela vida de mascate, meio aciganado, Zé Dorinho fazia boas amizades, arranjava muito afilhado, ganhava presente, dava notícia de tudo. Contava caso como ninguém, pouca gente como ele pra empurrar um serão.

Aquela noite, impressionado com a história da coruja, a conversa destino e mortalha, falou que era preciso ter cuidado com mau agouro, que ninguém pode brincar com essas coisas. Pra espantar a cisma, foi bebendo seu São João da Barra, uma dose atrás da outra.

Ninguém se preocupou porque a mulinha queimada estava sempre de prontidão, sabia de cor o caminho. De dia carregava ovo, sem o menor galeio, chegava tudo inteiro. De noite, altas horas, levava o dono pra casa, mesmo tonto de muito conhaque, sem perigo nenhum. Ainda que ele ferrasse no sono, como tinha acontecido muitas vezes.

Tarde da noite, foram-se embora o caçador e Zé Dorinho. Meu pai fechou a venda, a gente foi dormir ainda escutando o pio agourento da coruja, que parecia acompanhar os dois, e lembrando da Lua caruda na janela da cozinha, pensando na conversa dos homens na venda, o medo do comprador de ovo.

De manhã cedo, a novidade: a mula tinha caído, quebrou muito ovo. Zé Dorinho diz que caiu por cima do pescoço, com certeza morreu na hora. Foi o que contaram, nem bem o dia amanhecido. E o pior é que tudo aconteceu numa cava mal-assombrada, em frente do cemitério dos bexiguentos, onde o trem passava com as janelas fechadas, o povo sem respirar pra não pegar o mal.

O caso do Zé Dorinho aumentou a certeza de minha mãe a respeito dos poderes da Lua. Eu fiquei na dúvida se era a Lua ou a coruja. Até hoje não sei. Principalmente porque falaram que a culpa era da cava mal-assombrada, podendo ser também por causa do cemitério. E o destino? Existia, traçando na palma da mão, na alma do cristão, desde o principinho? Quem pode decifrar uma coisa dessas? Ele próprio, mesmo sem ter ciência? Se, conforme ensinava vovô Herculano, só o saber espanta o medo, como viver com ele de tocaia, misturado com a escuridão do desconhecido?

A casa velha

Nasci no dia 28 de janeiro de 1951, às dez em ponto, num caixote de bacalhau da Noruega, conforme garante minha mãe. Na Casa Velha. Nos bons tempos, ela foi habitada pelo meu avô. Com o passar dos anos, acabou virando só a Casa Velha. Porque, aí, eles tinham mudado para a outra casa, recém-construída, chamada Casa Nova.

Minha mãe tinha sido empregada na casa do meu avô e, por isso, a família não queria o casamento. Meu pai casou e foi morar na Casa Velha, que já tinha perdido a antiga importância. O costume antigo da família do vovô Herculano, desde os tempos do meu bisavô, o velho João Tomé, era ter os filhos ao redor do patriarca. Vovô construiu um engenho onde, a cada dia da semana, combinado com antecedência, trabalhava um dos filhos, do mesmo modo que fazia o pai dele. O calendário era riscado na parede ou nos marcos das portas do engenho, com carvão. O resultado do trabalho era anotado da mesma forma, com traços verticais, um do lado do outro. Cada traço significava carga de rapadura, alqueire de milho ou de arroz, arroba de farinha ou de polvilho. E tudo funcionava bem, debaixo do rigor e disciplina, até mesmo com meu bisavô, que tinha 21 filhos, de dois casamentos. Conforme o progresso alcançado por eles, iam se instalando nos arredores da fazendo e montando seus próprios engenhos, alambiques, fábricas de polvilho etc. Assim aconteceu com meu bisavô, com vovô e com meu pai, ao se mudarem para a Casa Velha.

A questão com minha mãe era mais das origens, dos *troncos*, como se dizia, com um certo ranço de senhores de engenho. Trabalhando na casa-grande, agregados eram tratados com grande proximidade. Mas, tendo se casado, afrontando as regras da época, meus pais perderam os favores e a fartura da fazenda. Repetiam, na Caixa d'Água, a história de Adão e Eva, condenados a comer o pão com o suor do próprio rosto, longe da face do Senhor.

Expulso do "paraíso", meu pai só recebeu, com o casamento, a Casa Velha, na periferia da fazenda. Então, teve de trabalhar nas terras dos outros, derrubando mata no machado, capinando, fazendo tudo quanto era serviço que aparecia.

Procurando saída, montou uma venda. A venda funcionava de tardinha e nos fins-de-semana, ele mesmo tomando conta. Era um ponto de encontro, lugar onde as pessoas trocavam novidades. O povo vinha das redondezas, proseava, comprava alguma coisa, empurrava o tempo. A casa ficava bem na beira da estrada de carro de boi, não muito longe da estrada de jardineira.

A Casa Velha era realmente antiga, mas muito agradável. Pé direito alto, tinha sido construída no topo do terreno, com um capão no fundo. A estrada de carro punha a gente em contato com restante da roça, dos povoados a cinco, no máximo dez quilômetros: Inácio Caetano, Lamounier, Gama, Espraiado; e a cidade, Itapecerica. Itapecerica, nessa época, praticamente não existia na cabeça de meu irmão, primos e na minha própria. A gente ia aos povoados – mais nas roças e em Lamounier – nas festas de reisado, de São Sebastião, com leilão de gado, muita reza pedindo proteção contra a fome, a peste e a guerra. Menos vezes (aliás, bem raramente), a Itapecerica. De princípio íamos a pé. Depois, numa bicicleta que meu pai comprou, uma Phillips Leão, preta, lumiando. No cano, um leão dourado, em relevo, que ficávamos alisando, passando a mão, sentindo sua beleza, a pose do bicho rugindo. Mais bonito só o decalque da máquina de costura que minha mãe ganhou do meu pai, já na cidade. Era uma Crossley, de pé, vinha gente da redondeza ver. Depois apareceu o carro vermelho, importado, cheio de decalque lembrando os muitos lugares por onde tinha passado, terras distantes, desconhecidas, estrangeiras. Meu encantamento foi tamanho que não tive dúvida: lambi o carro todo, até a língua secar.

Maior beleza era montar a bicicleta, sentir o vento no cabelo, na cara, a maravilha de andar muito mais depressa do que a cavalo, muito mais macio do que carro de boi. Fora a inveja dos outros, meninos e marmanjos, que não entendiam como era possível equilibrar em duas rodas, coisa quase de circo. Agora, o melhor era a companhia do meu pai, nós dois juntos, vencendo distância, descobrindo coisas, aquela camaradagem boa. Era o tempo parado, a vida ali, na mão da gente, sem aflição nem agonia, só o singelo existir, conforto igual quentar fogo em tempo de geada.

Na garupa ou no cano, ganhamos novos mundos, tornamos a descobrir os mesmos, em velocidade nunca vista. Mais depressa, só de jardineira. Mas levando vantagem dela, que não andava em trilho, nem nas estradas de carro de boi. Só na sua, fazendo muita poeira, obrigando o uso do guarda-pó.

Precisava era voltar cedo, que tinha muita cava e nas cavas morava o capeta. Principalmente quando havia porteira, que o diabo gosta de bater e morar no esteio dela. E também de bater tramela.

Na garupa era mais confortável, dava mais firmeza. Mas meu pai mandava ir sentado no cano porque, mesmo exigindo mais atenção e sendo mais cansativo, tinha uma vantagem, que, pra ele, compensava tudo: o mundo, de frente, é muito mais bonito.

A venda ficava na beira dessa estrada de carro que dava em lugares mais despovoados. Os dias eram quase todos iguais, o lugar, muito solitário. Minha mãe e meu irmão viviam em casa. O tempo custava a passar. Minha mãe era de pouca conversa, quase nenhuma até, ficava entretida com a obrigação, cada hora fazendo uma coisa, que a lida de uma casa, mesmo simples, é sempre muito trabalhosa.

O grande acontecimento do dia era levar o almoço do meu pai, que ainda labutava na lavoura. Comida simples mas muito gostosa, feita com todo o capricho, cheirando de longe. Meu pai ficava alegre quando a gente chegava com a panelinha de ferro, especial, usada sempre e só pra isso. Parava de capinar, sentava numa sombra, pegava o prato esmaltado, que tampava a panela, fazia gosto ver a cara dele.

Minha mãe, como meu pai, gostava de ir mostrando tudo pelo caminho, ensinando, dando explicação. Uma planta, uma erva de fazer chá, servir de remédio, uma árvore, passarinho, o que fosse. Mas meu pai era mais entusiasmado. Explicava cada detalhe, parecia contar uma história encantada, as árvores sendo quase feito gente, sabendo das coisas. "Esta árvore é sucupira. Sucupira dá da preta e da branca, que uns dizem amarela. A branca tem o pau assim branquinho, liso. A preta é cascuda e escura como mulher velha. A flor da preta é roxa; da branca é branca. E sucupira, a gente tem de cuidar bem dela. E cuidar bem não é plantar, capinar, essas coisas que costumam fazer na lavoura comum. Ela gosta de se cuidar sozinha. Não quer nem ser plantada. Ela mesma joga sua semente na terra e, se a semente quiser nascer, ela nasce; se não quiser, não nasce. Mas geralmente nasce: aí tem muita." Era, de fato, a árvore mais comum lá perto da Casa Velha.

Falava também dos cheiros. "É de formiga. mas será que foi formiga que passou por aqui pra deixar cheiro tão forte? Já pensou a quantidade que ia ser preciso? Ou então, se fosse uma só, de que tamanho precisava ser?" Ele falando, a gente pensando, imaginando... Aí, ele perguntava, puxava pela ideia da gente: "Se não foi formiga, o que é que pode ter sido? Isso! Algum bicho que come formiga!". Aí não tinha mais graça, nem precisava falar. Bastava procurar. Então, a gente saía do trilho, entrava no mato, cheirando, farejando, ouvindo atento a menor barulhinho, pisando com todo o cuidado pra não espantar o animal. Só apontando, fazendo sinal. Quase sempre a gente encontrava o tamanduá. Bandeira, aquele rabão enorme, a lista no fio do lombo; ou mirim, menorzinho, os dois de unhas enormes, que nem chifre, língua esticada em formigueiro, visguenta, pegando as formigas todas. Tinha muita história de tamanduá matando cachorro, bezerro, até gente, se bobeasse. Daí o provérbio: "Fica bobo na praça, tamanduá te abraça".

Meu pai fazia essas coisas, ensinava, dava explicação a cada um de uma vez. Acho que eu e o Levindo guardamos, assim, os ensinamentos todos, dados de um modo especial, único mesmo. "Aquele tatu ali é tatu-galinha.

Aquele que nós vimos outro dia, na beira da estrada, é bola. O grandão, lembra, o maior de todos, com cabelo na barriga, aquele é o canastra." E explicava: "Tatu-galinha o povo come, daí o nome, por causa do gosto da carne. Tatu-canastra, não, que ele como defunto". Aquilo dava um certo pavor, imaginar um enorme tatu furando, furando, até lá no fundo da terra, sete palmos de fundura, chegava no defunto, começava a comer... Mas, e o caixão? Será que ele destruía o caixão primeiro? Porque, quando o caixão acabasse, o defunto também já devia ter ido pro beleléu há muito tempo. Ainda mais de gente pobre, que, pra economizar, quase não tinha fundo, só duas travas de madeira embaixo, a conta do defunto não cair. Uma vez mataram um tatu-canastra, enorme. Pra não desperdiçar, comemos a carne. Comemos e não tinha gosto de defunto. Mas, também, como é que eu ia saber?

Pelo rastro a gente conhecia o bicho: lobo, onça, tatu. Onça era a mais terrível. Mau, mais mau de todos. Mais que o lobo que, morro abaixo, não pegava ninguém (por causa das patas da frente serem mais curtas que as de trás), não subia em árvore e a onça fazia isto e muito mais. Matava até boi no tapa!

Com o tempo, fui perdendo o medo de onça. Principalmente depois que passei a levantar cedo pra ver matar porco, apreciar o movimento, aquela função toda. Porque havia dia pra tudo: fazer farinha, biscoito, rapadura, plantar e colher, bater arroz, feijão, matar porco...

Dia de matar porco eu ficava na janela, em frente ao movimento, que era na porta da cozinha. E perto assim, bem pertinho mesmo, ficava o casal de onça, mansinho feito cachorro, esperando meu pai jogar os restos que não serviam pra nada, nem pra fazer sabão. As onças moravam no mato, pertinho de casa, e não chateavam ninguém, não davam nenhum trabalho. Nem frango elas comiam no quintal ou no galinheiro. Na minha casa nunca teve espingarda ou qualquer outra arma de fogo. Não precisava. E eu perdi medo de onça. Pensando bem, nem lembro se cheguei a ter. Só lembro delas sentadinhas, perto do terreiro, esperando meu pai jogar a parte delas.

Eu conhecia cada árvore da horta da Casa Velha. Havia muita laranjeira, mexeriqueira, laranjeiras enxertadas, dando duas qualidades no mesmo pé. Com certeza alteradas por vovô, que gostava muito de arranjar jeito de modificar sabores, criar novas espécies. Tinha até uma que deu meio errado. Era uma laranjeira muito bonita que de um lado dava laranjas gostosas toda vida e, do outro lado, laranjas empedradas. E um é de mexerica com um lado azedo e outro doce, porque vovô gostava só de fruta azeda.

Um dia chegou lá um pessoal da cidade, no meio deles um casal de namorados. Pararam no tal pé de laranja mista, provaram dos dois tipos, aí a moça, toda melosa, quis saber:

— Por que será que, nascendo no mesmo pé, elas são tão diferentes?

Todo sabido, ele respondeu:

— Ora, meu bem, se nem os dedos da mão são iguais...

Dia de São João acabavam as laranjas. Ficavam só as de enxerto, geralmente azedas. Ou as do campo de semente, pouco comuns e só valendo pela novidade. E por darem fora do tempo.

Meus avós

À minha avó paterna eu chamava Dindinha. Era clara, muito alta, de olhos também claros, linda, maravilhosa. Nos fins de tarde meu avô lia para os netos muitas histórias: do Cancão de Fogo, Guy de Borgonha os Doze Pares de França. Um livro muito ilustrado, violento em guerras, com uma infinidade de mortos e feridos, aventuras e amores impossíveis. Essas histórias davam na gente uma vontade enorme de viajar, conhecer outras terras, coisas diferentes da onça, tatu, Lua, laranjeira. E nós sempre moramos na beira de alguma estrada – primeiro, da estrada de carro de boi, que já era uma coisa muito importante, comparada com os trilhos comuns, onde não passava gente vinda de longe, cavaleiro de fora, boiadeiro. Só o povinho miúdo da redondeza, sem graça nem novidade. Depois, na rodovia, automóveis e jardineiras, caminhão trazendo mercadoria da cidade grande e levando os produtos da terra. No fim, fomos morar perto da estrada de ferro, não precisava mais viajar pra ver o trem. Era só andar um pouquinho, a estação estava ali mesmo.

Meu avô viajava bastante, conhecia muitos lugares. Voltava sempre trazendo novidades, contando muito caso, que ele era danado de observador e curioso. De presente, sempre trazia livros. Aí reunia todos os netos – eu, meu irmão, meus primos – pra ouvir as histórias. Lia com grande entusiasmo, fazia questão de explicar tudo, tintim por tintim. Essas reuniões eram uma vez por semana, às vezes menos, de tarde, na casa do vovô. Ele ia lendo bem devagarinho, vendo se todos estavam entendendo. se não tinha alguém com dúvida. De vez em quando parava, perguntava, cada um dava sua opinião. Aí, então, continuava, a gente ali, esquecidos do tempo e da vida, o vovô parecendo um mágico que levava a meninada para um mundo de encantamento, cheio de surpresas e aventuras.

Dindinha participava mais da parte religiosa. Com sua grande devoção a Nossa Senhora – de Fátima, de Lourdes, das Graças, da Conceição, Aparecida, das Dores – nos introduzia nos mistérios da fé e da religião. Vovô, nisso, não interferia. O mundo dele era outro.

O Setenário das Dores (só muito mais tarde vim a entender o que significava "setenário") era triste. Nessa época a gente se sentia culpado e pagava todos os pecados do mundo, como se Cristo tivesse sido pregado na cruz pelo povo da Caixa d'Água. Era uma mistura, muito ruim, de culpa e pena. Nossa Senhora das Dores era a única de roupa roxa. Tinha cara de defunto, punhais no coração, expressão de dor e sofrimento, rosto lavado de lágrimas. Passada a época da Semana Santa, ficava o resto do ano num canto, completamente sem serventia.

Numa Semana Santa uma mulher da roça, toda humilde, procurou a zeladora da capela, querendo saber quanto custava uma roupa completa de Nossa Senhora das Dores. Era promessa, queria pagar logo. A zeladora ficou de apreçar na cidade e dar notícia.

Tempos depois volta a mulher.

— Recebi o bilhete, mas, nesse preço, não tenho condição. Bem que ela merece, coitada...

— Desiste da promessa, então?

— Deus me livre! Quebrar promessa é castigo na certa!

Pensou, aflita, quase rezando, pedindo ajuda. Aí, olhos brilhando, pediu:

— Será que a senhora apreçava uma coisa mais em conta, dentro das minhas posses? Assim, uma roupinha simples, só dela andar em casa?

Nossa Senhora da Conceição, toda de azul (vermelho por dentro e camisola branca) era vitoriosa e protetora. Tinha uma Lua aos pés, com os quais esmagava a serpente, símbolo de tudo quanto é mau, traidor e peçonhento. Engraçado que, no comum, a gente falava era "cobra". Mas, naquele caso, não sei se pra ficar mais solene, imitando sermão de padre, só usava a palavra "serpente"...

Nossa Senhora das Graças era toda azul-clarinha, expressão suave, uns raiozinhos amarelos de luz saindo das mãos espalmadas. Sua novena era a mais concorrida. Rodava todas as casas, espalhando bênçãos, enchendo o povo de confiança. Era uma santa alegre, acho, e todo o mundo andava com sua medalhinha no peito.

Nossa Senhora Aparecida a gente pensava que fosse preta, mas era esverdeada e acendia de noite. Era a única que não gastava vela porque se destacava sozinha, na escuridão da igreja. Tio Januário trouxe a imagem de São Paulo, onde andou trabalhando. Quando alguém se espantava com a fosforescência da santa, ele explicava todo cheio de conhecimento: "Ela é de *fosque*, por isso que alumeia". Ficava feliz de exibir seus conhecimentos. Mesmo ninguém entendendo aquela história de *fosque*, que o povo só usava pra acender vela, fogão e cigarro.

Minha avó materna era Maria Olinda, chamada Mariolina, e meu avô, Jovino. Ela era meio índia, ele português. Depois de muitos filhos, trocou-a pelo mundo, que foi percorrer numa moto BSA. Aí vovó juntou-se com Domingos, pai dos meus tios mais novos. Ela morava numa casinha muito humilde no Inácio Caetano, distante uns dez quilômetros da Caixa d'Água e dela separada por um cocuruto de serra. A casa era muito limpa, pintada de tabatinga. Caprichosa e asseada, até o fundo das panelas era protegido com barrela de cinza. O terreiro, sempre varridinho, era limpo que dava gosto. O chão dos cômodos, de terra batida, também. Em volta da casa, como na de Dindinha, e conforme costume da época, flores de toda variedade – dálias, rosas, jasmins, cravos, cravinas, açucenas... E a raridade das plantas: a graxa, espécie de hibisco de folha roxa-escura, usada pra engraxar nossos sapatos em dia de festa.

Na horta, enormes mangueiras, de toda qualidade: espada, coquinha, família, das mais doces, vizinhas das únicas bananeiras São Tomé da região, roxas por fora, douradas por dentro, um cheiro inesquecível.

O forno, como a casa, era branco de tabatinga. A coberta dele dava pro terreiro. Naquele forno, construído com toda a ciência, eram feitos os melhores biscoitos de polvilho azedo, grandes e como rodeiros, torradinhos, para as crianças enfiarem nos braços e comerem com estardalhaço, quebrando nos dentes. A vassoura de varrer o forno e cheirar longe era um feixe de alecrim, amarrado num bambu com embira. A escolha da lenha era importante pra garantir calor firme e bem repartido. Quando chegava a hora certa, varriam o forno, aquele vassourão de cabo comprido, que ninguém era bobo de querer se queimar. Varriam bem varridinho, no maior capricho. Depois que já não havia mais nenhuma brasa, espargiam água até ficar bem limpo, preparadinho para receber os tabuleiros untados de banha e cheios de quitanda. Primeiro, pra amansar o forno, as broas de milho, de fubá com amendoim, em cima de folhas de bananeira. Depois os biscoitos misturados grossões e pesados, geralmente em forma de U ou S. Aí o calor já mais brando, os sequilhos. Por fim, no pouco calor, os biscoitos de polvilho, finos e leves, passados no pano.

Quando não era tempo de fazer biscoito, o forno virava moradia de rato, lugar de gato tirar cochilo na volta do dia, de galinha fazer ninho. Às vezes dava tanto rato que vovó, sempre engenhosa, pegava uma abóbora-marimba, daquelas bem grandes, fazia um buraquinho e enchia de fubá, milho, farelo, tudo que eles gostavam. Eles entravam e comiam até se empanturrar. Aí, não conseguiam mais sair. A abóbora, com lotação esgotada, era jogada no córrego. Era o jeito da vovó resolver, a seu modo, o problema dela com os ratos...

Vovó Mariolina fazia polvilho em grandes panelas de barro, onde era posta a água da mandioca pra fermentar. Numa panela menor ficava o molho do polvilho. A água da mandioca era retirada numa prensa de madeira, batida com malho grande e apertada com cunhas. Aí ela misturava a isca, feita na tal panelinha, pra apressar a fermentação. O polvilho era seco ao sol num jirau de taquara coberto com um pano muito branco e limpo. De longe, lembrava as roupas da Jacira quarando.

Vovó fazia também os melhores chapéus de taboca, grandes para os homens de enxada, coloridos e menores para a criançada. Uns e outros, feitos com muito capricho, não davam para as encomendas.

Na terra preta da baixada, no brejo perto do córrego, Bastião plantava arroz, quiabo e jiló. O córrego passava bem no fundo do terreno. Lá a gente pescava bagres, piabas, trairinhas, carás, com anzóis feitos pelo Bastião. Danado de habilidoso, nas mãos dele os fios de aço tirados de pneus velhos viravam anzóis melhores do que os comprados nas vendas.

Vovó, ao contrário de Dindinha, nos introduzia no mundo da natureza. Criação de galinhas índias, carijós, de ovos chinos e azuis, com vida mais rústica, biscoitos mais azedos, polvilho azedo, terra preta, cana-do-reino, caiana, garapa da engenhoca, este era o mundo dela. Um mundo menor, de menos gente, limites visíveis e próximos. Do lado esquerdo morava uma mulher morena, meio índia, que vovó dizia ser feiticeira (pelo menos tinha um jeito misterioso, sempre havia gente chegando e saindo, diz que pra encomendar seus "trabalhos"); do lado direito, tia Jarmira. Nos fundos, o corgo; na frente, o terreiro superlimpo, uma tronqueira cujo esteio era um araticum cabeça-de-negro. E, na frente do pé de araticum, a estrada de carro de boi, uma porteira assombrada e, pra piorar a situação, uma cava. De noite, sozinho, eu não passava aí por dinheiro nenhum do mundo. Cê besta!?

Tia Jarmira era solteira e morava sozinha perto da casa da vovó. Meio ruim da cabeça, vivia puxando conversa com os outros, gente de fora, vizinho. Mas quase ninguém dava trela, poucos tinham paciência, mesmo porque o assunto não rendia grande coisa, coitada... Aí, ela saía lamentando: "Morre uma criação, todo o mundo fica triste, tem gente que até chora. Morre uma galinha, lembram dela por causa do ovo; um boi, pensam nele no carreto da cana, na hora de tocar engenho, no gemido do carro; um cachorro, sentem falta na hora de caçar tatu. Agora, eu, se morresse, quem ia lembrar se vivi? Doido nem sabe direito se veve. Será que sabe que morre? Que que adianta viver? E o que custa morrer? Tanto faz como fez, é tudo a mesma coisa..."

De tanto querer companhia, embengou com um roceiro da Casa Queimada. Casaram, casamentozinho simples, sem festa nem nada. Viveram juntos uns três, quatro anos. Foi o tempo mais feliz da sua vida, porque logo depois ela morreu.

O mundo da Dindinha não tinha lugar certo pra acabar, as comidas eram mais finas, a casa mais rica, mais bem-construída, mais bem-arrumada, com melhores benfeitorias, grandes jiraus de polvilho, galinheiro de galinha Rodney e ovo chino, patas e patos comuns e de qualidade, muitos cachorros, bananeiras de banana-marmelo, mamoeiros, laranjas-lima, também chamadas de serra-d'água ou água-com-açúcar, abacate, do verde e do roxo, horta cercada de taquara, com tomateiros, alface, couves de todas as maciezas. Na frente da casa, caiada, uma cava – ah, sempre as cavas me perseguindo... Nas paredes, de tardinha, batiam e morriam pássaros (juritis, rolas, sanhaços), que, na velocidade do voo, e na afoiteza de voltar pra casa antes de escurecer, batiam no branco da parede pensando que eram nuvens. As galinhas bicavam a barra de cal das paredes, picotando o alicerce. As vacas, não, que eram bem-tratadas, lambiam muito sal, não precisavam lamber parede. No fundo, à esquerda, os paióis, o chiqueiro, o engenho e, mais atrás, a estrada de ferro, onde passava a maria-fumaça, soprando brasa no bananal de vovô Herculano, que não ligava muito para os incêndios. "Vale mais a pena a passagem do trem, é o progresso aqui bem no fundo da casa", costumava dizer ele.

Bastião

A Caixa d'Água fica num vale entre montanhas. Lá passava muito avião. De todo tipo. Apareciam nas montanhas de oeste e sumiam nas de leste. E, claro, vice-versa. Bastião chamava esses dois lados de lado do sol e lado da lua. E tinha o lado de São Paulo, o do Cruzeiro do Sul.

Dizia que, se os cavalos, os carros de boi, os trens e as jardineiras iam longe, os aviões iam muito mais ainda. Os aviões não eram gente, explicava. Eram bichos que carregavam gente na barriga, outros seres. Vivos. Os grandes, mais lerdos, eram as *avioas*. Os machos roncavam grosso. Quando saía uma *avioa* de trás da montanha, Bastião dizia?

— Aquela vai parir, tá chegadinha, olha só o barrigão dela!

— De quantos será a ninhada?

— Ah, no comum, um filhote de cada vez. Mas pode acontecer de parir gêmeos também. Que nem vaca.

— E onde é que elas parem?

— Atrás da serra, lá adiante, aquela azulada, que ela tem vergonha, vai parir bem longe.

Depois, quando aparecia um teco-teco – e naquele tempo sempre passava algum – Bastião ficava radiante:

— Viu, viu? Não falei?

A gente às vezes estava distraído, não entendia direito.

— Viu o quê, Bastião?

— O filhote! Não disse que ela ia parir? Pariu mesmo! E olha como é bonito, sadio...

De noite não se podia apontar o céu, que nascia verruga no dedo. Nem olhar avião, que eles transportavam almas penadas.

E havia também os postes de telégrafo. Bastião ensinava que nos fios passavam mensagens, conversas entre pessoas distantes.

— Quer escutar?

A gente meio na dúvida, ele mandava:

— Põe o ouvido no poste, bem colado. Assim.

— E agora?

— Primeiro, silêncio. Senão não percebe nada.

— Tá. E aí?

— Concentra, presta bastante atenção, que tem muita gente falando e o zunzum é grande. Sem silêncio e concentração, não dá pra separar a conversa da zoeira.

A gente lá, seguindo a instrução, ele do lado, olhando a cara dos sobrinhos, adivinhando o que estava acontecendo.

— Viu? Não te falei?

Agora, eu é que não queria conversa. Ouvido colado no poste, escutava um zunido muito claro, bem nítido, imaginava um mundo de gente conversando, cada um mandando suas mensagens, seus recados, cada qual mais urgente, mais importante. E eu ali, naquele ermo, vendo passar tudo aquilo. A emoção da descoberta era enorme, o coração disparava, batia na garganta, na cabeça, a boca secava, as pernas até bambeavam. Era mais do que imaginar uma viagem de avião, daqueles que o Bastião gostava de contar, mesmo a gente sabendo que ele nunca tinha subido num avião. Nem num filhotinho. Pelo menos até aquela época.

A gente olhava o poste, de alto a baixo. Abraçava, pegava e até sentia na mão o zunzum do povo conversando, podia quase apalpar o rumor da conversa, interromper a prosa dos outros, cada qual mais longe dali. Olhava os fios que faziam barriga entre dois postes, reparava a tigelinha de louça pregada no alto e não entendia. Perguntava pra ele, que sabia quase tudo:

— Como é que o telegrama pode passar pela tigelinha?

— Que que ocê tá pensando, Zezito?

— Tô pensando em papagaio, em telegrama de papagaio.

— Aquela laçadinha de papel de seda que usa botar na linha?

— É, Bastião. Que sai cá de baixo, da manivela, vai subindo, subindo, até chegar no papagaio.

Mas ele explicava, tirava dúvida:

— Telegrama de poste não é essa coisa boba de telegrama de papagaio não, sô!

— Comé que é, então?

— Esse telegrama aqui é só pra coisa urgente, que não dá pra mandar recado, bilhete, carta, portador.

— Quando morre alguém, por exemplo?

— É. Ou em caso de negócio grande, chegada de gente importante, assim de repente...

— E aí, como é que é?

— Uai, é tão ligeiro que ninguém consegue ver!

Mas a gente aventurava, ficava olhando as tigelinhas, prestando bem atenção, olhos arregalados, sem piscar. Quem sabe agarrava, pelo menos diminuía a velocidade, dava pra ver?

Às vezes um de nós, um dos meus primos, maior, tomava coragem, duvidava:

— Mas não pode! Deve ter outra explicação.

E ele:

— Pode sim. Você não escutou, lá no poste, ele passando? Escutaram ou não escutaram? – perguntava o Bastião, olhando pros menores.

É, escutar a gente tinha escutado. E o Bastião, falando com tanta segurança, decerto tinha razão... Mas a gente ficava meio confuso. Mesmo o Bastião sabendo de tanta coisa.

Bastião morava lá em casa. Era irmão de minha mãe, já solteirão. Às vezes meu pai dava duro, perguntava por que ele não ajudava na capina, na colheita, na lida. Mas ele não gostava de serviço pesado. E reagia: "O mundo tá mesmo virado. Cada hora um me mandando trabalhar, como se eu fosse um reles empregadinho. Pois sim! Eles é que são meus empregados! Eles é que têm de trabalhar, pegar no duro. Eu, não!". E não adiantava insistir. Ele encasquetava, ficava ali, parado, que nem burro empacador.

No comum, evitava olhar para o chão. Só se fosse pra procurar diamante, a única coisa que prestava em cima da terra. Agora, do céu, ele não tirava os olhos. Um dia, perguntei por que vivia olhando pra cima. "Diamante é que nem estrela que caiu", respondia. Se a gente mostrava dúvida, ele explicava: "Estrela não cai? Pois então: vira diamante de tanta sodade do céu". Parava, ficava calado, depois completava:

— Não tem Mãe do Ouro, que voa de alto de serra pra alto de serra, que deixa rabo de fogo, mostrando ouro escondido? Cê já não viu?

— Já.

— Pois então. É tudo do céu. Mas não me importo, ara! Gosto é só de diamante, nem pra ouro eu ligo...

Minha mãe contava que antigamente o Bastião vivia de furar cisterna. Uma vez, trabalhando em São Paulo, diz que deu com um veio de diamante e, depois do serviço, mostrou sua descoberta num bar. Quando ia pra casa, levou uma paulada na cabeça, desmaiou e ainda ficou sem as pedras. Eram azuis, dos mais raros do mundo. "Isso foi em Barretos, estado de São Paulo, onde eu vivia, naquele tempo", explicava ele. "Desde então, de vez em quando me dá uma coisa ruim na cabeça, parece que fico meio fraco da ideia", clamava.

Depois voltou pra casa, nunca mais pensou noutra coisa. Só queria saber de recuperar seus diamantes. Ou, pelo menos, achar outros pra ficar no lugar deles.

Se havia uma batida de carro, coisa rara naquele tempo, ele logo aparecia. Juntava os cacos de vidro, até os mais miudinhos, levava pra casa, guardava debaixo do colchão. O vidro mais valorizado era o de leite de magnésia, roxo-azulado. Ele cuidava de toda a coleção, mas não perdia a esperança de conseguir seus raros diamantes azuis. O mais perto que conseguiu chegar foi com o vidro de magnésia.

Vovó tinha uma panela de barro especial, a tal que só era usada pra fazer isca de fermentar polvilho. Bastião tomava posse dela, enchia de cascalhos brancos, seixos rolados que ele catava no fundo dos rios, com a maior dificuldade e paciência. Gastava todo o dinheiro da aposentadoria, como trabalhador rural, comprando lenha pra ferver a água e transformar as pedras em ouro.

Eu adorava ficar vendo, costumava acompanhar meu tio na cata das pedras. Ele examinava uma por uma, testava a dureza, batendo-a noutra, quebrando uma pequena lasca, examinando cada detalhe com a maior atenção. Jogava fora as quebradiças, as esfarinhentas. Escolhia as mais adiantadas, pois tinha pressa de conseguir a tão desejada pepita de ouro. Valia a pena ver os olhos do Bastião, brilhando mais do que as labaredas, as línguas de fogo que lambiam o fundo da panela. Era como se ele, o fogo, a água fervente, as pedras dentro, tudo formasse um conjunto só, fizesse parte de uma grande paciência, fé e esperança sem-fim na transformação da natureza. E o efeito calmante desse trabalho? Mamãe costumava dizer que o dinheiro gasto comprando lenha, o tempo que levava procurando pedras e cuidando do fogo eram abençoados, eram melhores que um bálsamo pra alma (e pra cabeça) do Bastião.

Eu achava bonita aquela palavra, gostava de ficar repetindo. Bálsamo. Bálsamo. Bálsamo. Olhava pro Bastião catando pedra, cuidando do fogo, colocando água na panela, pensava que bálsamo era uma poção milagrosa, capaz de colocar esperança nos olhos das pessoas. Devia ser um remédio muito poderoso mesmo...

Eu aprendia muito com Bastião. Por exemplo, que pedra branca e que já esteve na água é diamante encantado em pedra à toa. Mas, com mágica, pode voltar a ser o que era. Assim ele explicava, com toda convicção. Tanta, que varava noites e noites na certeza de que, de uma hora pra outra, o encantamento desaparecia e o diamante brilhava dentro da panela. Mais forte do que todas as chamas que já tinham passado pelo fundo dela.

De vez em quando ele cansava, achava que estava ficando meio ruim da cabeça. Então, saía viajando, sumia. Na volta, contava que tinha visitado suas inúmeras fazendas, que o povo era muito mandrião, só trabalhava com o dono por perto, feitorando. Ou, como diz o ditado, "o olho do dono é que engorda o porco". Bastião reclamava dos empregados, que não queriam nada com a dureza, eram desonestos, gastavam mais do que precisavam e o resultado quase não aparecia. O pior eram as invasões de terra. Arranjava algum dinheiro, comprava correntes e cadeados, trancava as porteiras todas. E, por seguro, ficava montando guarda para evitar que os invasores cortassem o arame e entrassem em suas propriedades.

Terminada a rodovia, costumava ir para o meio da estrada, enfrentava carros, ônibus e caminhões, pois os motoristas eram uns atrevidos muito grandes: sendo todos seus empregados, não queriam atender suas ordens nem prestar-lhe conta de nada.

Só uma vez ele descuidou das propriedades e diamantes: foi quando os aviões começaram a descer em Itapecerica. Como quase todo mundo lá, nunca tinha visto um de perto. Na chegada do primeiro, trazendo o doutor Ribeiro Pena, chefe político local, secretário de Estado e candidato a governador, Bastião enfiou no meio do povo, correu pro campo. O avião deu três voltas em cima da cidade pra avisar os automóveis de aluguel. Aí foram todos. Só depois, já acostumados, ia um só, tratava antes.

Na hora de descer, quem disse que o povo deixava? Só a poder de polícia, ameaça de prisão, balangando cassetete. Bastião foi o último a sair, o avião já frouxo de dar voltas. Quando ia sendo tirado à força, o soldado dizendo que aquilo era um perigo, tinha visto caso de hélice cortar a cabeça de gente descuidada, Bastião respondeu, na maior tranquilidade: " Tem perigo não, eles não são doido!".

Esse primeiro avião era pequenininho, de lona, um

motor só. Mas fez o maior sucesso. O povo se alvoroçou, todo o mundo queira chegar perto, reparar bem e depois sair contando pros outros, como é que era, como é que não era. Os mais graúdos tiveram ordem de entrar dentro, reparar nos instrumentos, alguns até botavam a mão, mais tarde iam ter muita vantagem pra contar.

Tempos depois, quando Tião Medonho foi candidato, apareceu num grandão, dois motores, o pessoal ficou embasbacado. "Como que um trem desse tamanho, pesado assim, consegue voar?", indaga um, intrigado. "Ainda mais sendo de lata! De lona, vá lá, é mais leve...", emendava outro.

Um dia, tinha chovido muito, o piloto calculou mal na descida, saiu da pista, atolou no barro. Foi aquela peleja, juntou gente, trouxeram não sei quantas juntas de boi, cada um tinha uma ideia, o piloto ali, dando duro, medo de estragar o aparelho, perigo de perder o emprego. E o Bastião lá bisbilhotando, dando palpite, não desgrudava nem que Cristo descesse do céu. Uma hora o comandante perdeu a paciência e perguntou:

— Cê nunca viu avião não?

Bastião respondeu, na bucha:

— Avião eu já vi. Mas atolado assim é o primeiro...

O homem virou bicho, xingou, mandou desocupar o lugar, daquele jeito era impossível fazer o serviço.

Mas o dono, pra ficar popular e ganhar voto, deixou pegar quem quisesse e dar uma volta. Ferveu de gente, dava fila de não acabar mais. Bastião, não sei por quê, não foi não. Devia estar cuidando de suas propriedades.

Um dia, todo intimidado, comunicou: "Tenho uma viagem importante". Antes que alguém perguntasse, contou: "Me ofereceram garupa de avião pra Belo Horizonte, vou experimentar esse trem". No dia combinado, quase uma hora antes, ele já estava lá. Abriram a porta, ele subiu a escada e abanou a mão pro povo, que nem político.

Convidado especial, foi na cabine do comandante, reparando tudo, especulando. O avião levantou voo, pegou rumo, ele de olho em tudo, achando aquilo a coisa mais bonita do mundo.

— A gente nem bem saiu, Itapecerica já ficou pra trás? E agora?

— É Inácio Caetano, ali adiante.

— Ah, o Patrimônio. E depois, Marilândia?

— É. Divinópolis, Cajuru...

— Antes de Cajuru o senhor me avisa. Quero ver a represa do alto.

Reparando tudo, Bastião quis saber:

— E aquilo ali embaixo, o que que é?

— Aquilo branco, ali? É uma nuvem.

— Nuvem?! – perguntou ele, espantado.

— É.

Aí, ele desmaiou.

Religião

Minha mãe é muito religiosa e mística, mas não descarta nenhuma crendice ou credo. Ela sabe muito bem que nem tudo nesse mundo tem explicação. Daí aquele jeito meio desconfiado, precavido, de não pôr a mão na cumbuca nem renegar coisa alguma.

As almas do outro mundo, por exemplo, transformam qualquer fato mal-resolvido, seja dinheiro, amor, viagem, serviço... Água dormida em bilha, jarra, pote e filtro não pode ser bebida, que os anjos beberam dela durante a noite e faz mal pra qualquer cristão.

Assombração não aparece só de noite não. Aparece de dia também. O Saci Pererê, mesmo, mora no ridimunho pra levantar saia de mulher, arrancar roupa do varal e jogar poeira, cisco e areia nos olhos dos outros. Fora irmã de caridade e padre, que aparecem em esquina de rua e encruzilhada, lobisomem, mula-sem-cabeça, que peida fogo, caga brasa e tem estrela na testa. E avião, que carrega alma penada. Rezar o creio-em-deus-padre é recurso poderoso pra desenrolar caminhos. Mas há de ser de trás pra diante, o corpo arqueado pra trás. Agora, se errar, tropeçar, cai fulminado, a alma já nas mãos do diabo.

Em Inácio Caetano, onde minha mãe nasceu, tinha uma procissão à meia-noite da sexta-feira da Paixão que era de encomendação de almas. O pessoal seguia encapuzado pelas cavas, abrindo e deixando abertas as porteiras, todo mundo rezando, carregando velas acesas e seguindo o tocador de berra-boi, uma caixa de madeira, amarrada numa corda, que girava no ar, parecia gemer. Era uma espécie de apito, ou berrante, próprio pra atrair as almas penadas, que vinham atrás da procissão. Por isso ninguém podia virar a cabeça, tinha de estar sempre rezando e olhando adiante, seguindo o tocador. A procissão era vagarosa, o berra-boi não parava de tocar, senão alguma alma podia desgarrar; aí, atentava as pessoas, fazia desassossego nelas.

O pessoal tinha muita fé nos curadores. José dos Anjos via os males das pessoas numa bola de cristal. Os de dentro e os de fora. José Gominho, o mais forte e poderoso, fazia qualquer marido largar mulher e voltar pra casa e vice-versa. Atendiam, com todos os poderes disponíveis, os pedidos de amarração ou desamarração. Pra marido fujão, receitavam café passado em calcinha usada, remédio que também servia para amarrar o homem com outra mulher. Tudo dependia de quem fosse a dona da calcinha. José Terceiro era marceneiro e curador dos mais competentes. Tinha muita oração, que rezava com grande fé e concentração. Pesadelo era feito pelo capeta. Ou por gente morta que apertava a garganta do infeliz.

Pescaria

Pescaria comum era de dois jeitos, como é sempre em rio pequeno: de vara, pra pegar peixe de escama durante o dia e de couro, de noite. Peixe de couro, lá, era só o bagre. De escama, vários. Piaba, tinha de toda raça. Uma laranja, com pinta preta no rabo, era piaba lerda, sem graça de pegar. Melhor era a branca de rabo vermelho. Essa, se dormisse com a vara na mão, ela levava, te tomava a vara. De tão rápida que era. Tinha piau de três pintas... Matreiro, puxa como se fosse peixinho à toa, ia via ver é grande. Ou como se fosse grande e é pequeno. Ele tem muita força! Às vezes fica mamando na curva do anzol, e sempre tem aquele mesmo feitio de puxar: pra baixo, pro fundo. Isca, só de minhoca – piau lá não era exigente não.

A outra pescaria, mais emocionante, era de balaio e peneira, a gente entrando dentro d'água, morrendo de medo, sem saber o que havia de sair. Pegava a peneira, afundava o mais que pudesse dentro d'água, ia encostando pra beirada e suspendendo no meio da ramagem, aquela emoção descobrir o que vinha. E vinha cobra, lacraia, barata d'água, bagre, cambeva, cascudo, traíra... de tudo um pouco. Isso, sempre de dia. Pescaria de noite, só de bagre. Cambeva pega de noite, mas por lá não pescava de anzol, só de balaio e peneira. E cambeva era isca de traíra também. Lá a gente não comia cambeva não, que era peixe sujo.

Peixe que a gente mais gostava, sem espinho, era bagre. E cascudo. Cascudo, tem de colocar no borralho pra soltar o couro. Dos peixes de rio, é a carne mais sem espinho. Junto com o pacamã. Pior, no bagre, é o ferrão! O outro peixe gostoso de comer era a piaba, que também se fritava com espinho e tudo. Era o tira-gosto mais apreciado. E se usava na simpatia pra aprender a nadar: engolia-se uma piaba inteira. Vivinha! Todo menino fazia isso. Meu pai não gostava de pescar. Nossa companhia, no começo, era minha vó, Mariolina. Depois, ela cedeu o lugar por meu tio, Bastião. Ele nos levava para um poço no fundo da casa, a gente passava lá a manhã ou tarde, conforme o peixe que queria pescar. Piau de três pintas, o timburé, era de tarde; piaba, de manhã. Traíra também pegava de tarde. Tinha traíra fogueteira, pequena, uma trairinha marrom. De palminho, assim. Tinha barana, também muito bom de pegar, que ele é parente do dourado, da piaba, muito rápido, peixe de correnteza! Então, tinha as pescarias de poço e as de correnteza. De poço, geralmente era peixe bobo. Timburé... peixe de espera, você ficava lá, na paciência. E peixe de correnteza era peixe de sabedoria e esperteza. Então, conforme o jeito do dia, a gente ia pescar um ou outro. E conforme o rio, também. Pra tubarana e piaba do rabo vermelho tinha muita correnteza boa lá. Ah, tubarana dava dois palmos, assim, tubarana boa! E é de muito espinho, não é peixe bom de comer não. Valia a festa da corrida! E da esperteza, ela e o pescador porfiando, vendo quem era mais sabido. Vou explicar direito.

O anzol ficava lá meia hora, quarenta minutos, uma hora, sem beliscar, sem nada. Sempre dá um movimentozinho de água, você fica olhando, o tempo passando, e não aparece nada... De repente dá uma carreira com o anzol e solta. Aí você precisa estar preparado, é carreira de um segundo. E vai embora anzol, isca, vai embora tudo. É a hora de ficar esperando e pegar logo. E a tubarana tem de pegar e tirar logo da água, porque a boca é dura, o anzol solta fácil. O dourado também não segura. Só se engolir. Mas tubarana não engole anzol. Engole anzol é bagre e... só peixe de couro, peixe bobo, mesmo. Cará, também, o peixe mais idiota que tinha, o peixe de escama mais lerdo que existe. Você pega sem sentir: ele tá lá, quando puxa o anzol, tá agarrado. O rodeirão, aquele cará grandão, pega ele na mão, ele mija. É o único peixe que mija! Chapeia na água, chapeia! Pega com anzol pequenininho, que a boca é pequena. E prancheia. A gente puxa, ele vira. Aí ele faz pressão na água, não há quem tire. Se puxar, o anzol quebra ou ele rasga a boca. Então, tem que esperar até ele dar uma bobeira, ou cansar. Relaxa, aí tira, sem arranco. Se der arranco, ou o anzol ou ele, vai embora. Cascudo? Pescava. De fisga e de mão. Enfiava a mão dentro da loca. E pegava de balaio. Medo de enfiar a mão na loca? Ah, era interessante também que tinha de tudo. Vinha cobra-d'água... Mas essa todo o mundo sabe, ninguém confunde. Tem a pele diferente. Cê pega numa cobra e pega num peixe, não tem jeito de confundir. De mão, nunca peguei não. Muitos amigos, lá, pegavam. E aparecia também na peneira. Morder, morde! Ma não tem veneno. É parecido com cobra de duas cabeças, que é bicho do cerrado. Enterra, fica lá. Chamada cobra-cega, de olho pequenininho. É parente da minhoca, não chegou a cobra.

O rio beirava a estrada de ferro. Era muito pequeno e, em época de chuva, enchia depressa. Ele é que recebia o rio Vermelho e o rio do Gama, que eram muito importantes. Mesmo sendo pequenos. E uma porção de corguinhos à toa, sem nome. Enchia rápido e esvaziava muito rápido. Tinha tanto peixe, tanta vida nele que nesse encher e esvaziar rápido os peixes encalhavam e, passada a enchente, era só apanhar, sem trabalho algum, só recolher. De dezembro a março, sendo que a época mais interessante era de fevereiro a março, quando as enchentes ficavam grandes e rápidas. Dezembro chovia muito, janeiro também. O rio vivia cheio. Água suja, era tempo de pegar bagre. Peixe grande vinha de longe, rio acima. Impressionante tanto peixe num rio tão pequeno. É rio de planalto, caído, esvazia rápido, não dá tempo de voltar. Encalhava no capim mesmo. Noite de chuva a gente nem dormia direito: "Amanhã vai dar muito peixe". Pegava aos montões! Também com pari, época de semana santa, todos fazendo abstinência de carne. Meu avô fazia pari, a família inteira fazia, lá no fundo da fazenda dele, numa parte mais distante do rio Vermelho, já mais longe da cidade. O pari é uma represa de bambu fincado, forçando uma queda forte numa espécie de cama encaixada num pequeno buraco que fica nessa paliçada. Esta é também inclinada, a parte maior em contato com a bica d'água que sai do buraco da paliçada e a parte mais baixa pro fundo, onde tem uma outra cerca de bambu. E tudo que cai no rio para ali, sendo tragado, na velocidade, pela queda d'água. Aí não tem jeito, fica no pari. Não fosse a fartura de peixe que havia, era um ato criminoso, acabava tudo. Hoje é proibido, com razão. Mas, também, só se fazia isso na semana santa, na quaresma. Pegava tanto peixe, que dava pra família inteira comer por quarenta dias. Preparava, salgava, punha naquele enorme jirau de polvilho, ali secava. Enchia o jirau em pouco tempo, com a maior facilidade. Quando completava, que dava pra família inteira comer durante a quaresma, parava de pescar. Ia lá e destruía o pari. Recolhia peixe duas vezes por dia. E era muito! Toda hora tinha. Dava de tudo. Piaba... – as piabas geralmente fogem do pari, os peixes saltadores, assim – timburé, tubarana... Peixe de couro também não pega no pari. Só de escama. O de couro fica muito pro fundo. Só peixe de escama, só peixe bobo. Dava um trabalhão tirar escamas, abrir, limpar, secar. Mas era uma festa! Ficava dia e noite no jirau, tomando sol e sereno. Os gatos cansavam de comer peixe! Quando se empanturravam, sumiam.

E havia uma outra pescaria, feita com o açougueiro, chamado Dorico. Ele sempre me levava. Era pescaria de rede, de traíra e jacaré. Eu não era muito fã de pescaria de rede, mas ia com ele. Colocava à tarde, deixava a noite toda, tirava noutro dia. Aí já eram traíras maiores. Agora, eu ia pra torcer pro jacaré. Pra ele ter furado a rede e comido as traíras do Dorico. Quase sempre comia. O Dorico ficava danado, armava um bambu pra pegar o jacaré. Pegava um bambu grande, fincava no barranco, amarrava uma corda no bambu. E, na ponta da corda, um pedaço de corrente com um anzol grande e uma tripa podre, que ele deixava apodrecer bem, no maior capricho do mundo. E a gente ia ver no outro dia de manhã, ele com aquela raiva do jacaré. E amarrava uma cabaça também, na corda, pra boia. Aí a gente chegava... A tripa? Deixa lá, varejeira pousa, faz o serviço. Quando tá bem fedida, tá no ponto de pôr no anzol. Agora, a batalha era ir embora com a tripa no jipe. E eram dez quilômetros. Não tinha plástico ainda, punha a tripa pra fora, deixava de fora do jipe. "Lá vai o Dorico pescar jacaré." Pelo cheiro todo mundo sabia. Mas, no outro dia, conforme a posição da cabaça, do bambu lá, a gente conhecia se tinha pego ou não. A cabaça é pra ele cansar. Ele ia pro fundo, a cabaça fazia pressão pra cima, até ele não ter mais força pra lutar com o Dorico no outro dia. Pegava, de vez em quando pegava. Aí abria, jacaré tá mortinho, a carne dele ainda fazendo assim, mexendo, tremendo. Tipo cobra, né? Carne branca, gostosa! As pescarias de lá eram essas...

Dia de limpar rego

E também tinha a pescaria do dia de limpar, de esgotar o córrego. Esse córrego desaguava no rio Vermelho, era um afluente dele. Nascia nas terras da minha família, passava pelos sítios e fazendas dos meus parentes. Nascia e morria lá. Dia de limpar o córrego era dia de adjutório, de mutirão. Juntava o pessoal, todo mundo madrugava e esgotava esse córrego. Ele era num alto. Havia os sangradouros, lugares certos de esgotar até esvaziar completamente. Os adultos caprichavam, punham bambu nos sangradouros pros peixes não saírem. Então, seis horas da manhã, acordavam a meninada, "tá na hora de pegar os peixe!". E a limpeza não começava enquanto os meninos não chegavam e pegavam os peixes. Eles ficavam lá, nos pocinhos d'água, no meio do barro. Podia pegar com a mão mesmo, era a maior diversão. Dava bagre, piaba... Os três principais peixes que havia nesse córrego, nesse rego, eram cará, piaba e bagre. Traíra, só muito raramente. Mas grandes, grandes!

Era o rego do moinho – do munho, como usava falar –, que depois ia pra bica. Não moía pra fora não, só pra família. Arroz, pilava no monjolo. Fazia fubá, fazia canjica, e tinha também... Meu avô construía coisas do arco-da-velha! Depois ele pôs uma pequena usina de eletricidade lá no munho, aproveitando a roda d'água. Esse córrego servia pra tudo, por isso tinha de ser muito limpo. Ele era sagrado. Fazer xixi ou cocô nele, ninguém nem sonhava. Nadar era no rio Vermelho. Então, as pessoas conviviam no maior respeito, com o maior asseio. Porque ele era a água de servir, de beber, ele era a água limpa que todo mundo tinha. E passava de casa em casa, saía como chegava. Ninguém era capaz de lavar roupa nele, era sempre de água limpa, limpa. Por isso o capricho de limpar e tal... E sempre era na seca, no tempo de frio. A limpeza? Entrava dentro, capinava as margens, todinhas, tirava a lama do fundo, o capim das beiradas, os lodos – ele formava muito aguapé, muito príncipe-d'água, nenúfares, outras plantas. Isso geralmente era no mês de junho, julho, tempo de frio, mesmo. Então, levantava encarangado, e pulava na água. Uma água quente, morninha, o barro mais quente ainda. Tinha de catar os peixes rápido, nas saídas, nos lugares que esgotava. Ou, então, nas poças que sobravam. E a gente corria toda a extensão desse rego, podia ser uns dois quilômetros, e pegava muito peixe. Levava as latas, enchia.

No meio do dia – o meio do dia lá era dez horas da manhã –, tinha o almoço. Um almoço caprichado, pra todo mundo. Não podia falar o frango em ocasião especial, feito um domingo no meio da semana. Além de frango, carne de porco fresca (porque, aí, matava porco, também), e, para quem quisesse, carne de lata, guardada mais tempo na gordura. Até vaca usava matar pra limpeza do rego. Levindo uma vez contou papo, que já tinha comido carne de baleia. Já vi comer cobra, jacaré, rã... Mas, baleia? Ninguém acreditou, mesmo ele teimando, batendo pé. Era de ano em ano, uma verdadeira festa! Os parentes se juntavam, num encontro, pra fazer esse serviço. Um encontro de purificação da água e uma oportunidade de reunir a família e os vizinhos. Vinham todos, o vovô chamava. Os que tinham a ver com a água e os amigos. Todo mundo participava. O da cabeceira era o tio Sérgio. Trazia os filhos, os netos! E vinham os filhos do vovô, os meus tios, meu pai também, que não moravam perto desse rego, pessoas que nada tinham a ver com o rego mas tinham a ver com a família. Porque o adjutório era em rodízio: quem ajudava merecia ajuda noutra ocasião. Pra bater basto, quebrar milho, o que fosse. E eram sempre serviços sem paga. Nisso não corria dinheiro, só a festa mesmo. De noite, tocava uma sanfoninha, saía um arrasta-pé. De manhã, cada um chegava com o torto já quebrado. Mas também quebrava no vovô, tinha alambique lá. Chegava, matava o bicho, tomava uma pra esquentar. As dez horas corria um garrafão, e uma cuinha, pra abrir o apetite. De tarde não bebia pinga não, só refresco, de jacuba, que é água, farinha e rapadura, tudo misturado e tomado na cuia. Com um biscoito, que a minha vó fazia de véspera. Juntava as mulheres todas, nos dias anteriores, matava porco, matava vaca. A vaca matava no dia. Mas era outro grupo que ficava na cozinha. Geralmente as mulheres preparavam antes, meu avô e meu pai cuidavam de matar vaca no dia – ou porco, ou o que fosse. Porco, matava antes, a vaca é que era no dia. Preparava a comida. E fechava a noite com uma festa. Ou então com uma novena, agradecendo d Deus, a Nossa Senhora principalmente, de ter corrido tudo bem. Agradecia a fraternidade, a família estar unida, a oportunidade do encontro, todo mundo com saúde. Geralmente era Nossa Senhora Aparecida ou das Graças. Às vezes, conforme a situação (muita seca, por exemplo), era uma novena, fechava a novena aí. Ou, então, uma reza, só. Pedindo que o ano fosse bom, que não faltasse água nas plantações, que fosse ano de fartura. Mas isso tudo acabava altas horas da noite: oito horas! Sete, oito horas! Era excepcional, a gente dormia tarde...

O Geraldinho Nogueira tem um bom caso de mutirão acontecido com ele. Como é que foi, Geraldinho?

— Eu regulava meus dezessete ano, arranjei uma namoradinha filha dum fazendeiro. A gente se avistava de longe nos terços ou na missa que uma vez por outra um padre vinha celebrar. O pai dela era desses home brabo, qualquer coisinha tava gritando, aprontava o maior esbregue. Lá na casa dela eu não podia ir nem por sonho. Tava sem jeito. Ele, foi, arresolveu fazer um mutirão pra limpar as invernada. Chamou o povo da redondeza, chamou lá em casa. Aí eu falei: "Agora eu vejo a moça de perto!". Amolei uma foicinha, ela ficou cortando vento. Na véspera, nem pude dormir. No outro dia fui o primeiro a chegar no serviço. O povo reuniu, metemo a foice. Cai pau daqui, cai dali, lá pras onze horas gritou por almoço. Eu já tava ocado de fome. Ele tinha matado um capado, um cachação de três ano, os tacho de comida tava num jirau no terreiro. A moça de vez em quando passava de longe, dava uma rabiscada de olho. Começou o almoço e eu peguei um pedaço de suã do porcão. Comi a carne, ia jogar o osso fora quando descobri um tutano danado de bonito. Comecei a chupar, não queria sair. Eu empurrava com o dedo, chupava dum lado e empurrava do outro. Quando acabou, o dedo ficou agarrado no osso. Puxa daqui, puxa dali, nada... Levei a mão pra trás, veio um cachorrão querendo pegar o osso, ele quase me mordeu. Aí, vem meu aperto, me levaram numa porta, prenderam o osso no portal e puxaram. Só assim fiquei livre do osso. Mas, aí, o povo já tinha juntado, foi aquela confusão, todo o mundo rindo de mim. A moça? Ah, o tempo inteiro tá lá de longe, o pescoço grosso de segurar risada...

Baile? Podia ter uma sanfoninha, um pé-de-bode, o Dico tocava. O Dico era filho do tio Joaquim, meu tio-avô. Era ele na sanfona e o Cote no violão. Pandeirinho... Música de mais sucesso era o xotes. O povo dançava que levantava poeira! Tinha de parar pra molhar o chão. Nessa época não precisava tolda não, podia ser do lado de fora mesmo. Tinha que jogar água no chão, borrifava. Levantava uma poeira branca! Durava até oito horas, aí todo mundo ia embora, morto de cansado e com medo de sombração, que dez horas da noite começava a aparecer sombração nas cavas, sujeito tinha que passar por fora, cortar volta.

E tinha uma lá que morava o capeta mesmo, viu? Na cava do Gama, da Maria do Quêta. Pra nós, meninos, era um mistério. Não sei se ela era viúva... Ou esse Quêta era o pai... Ou se era o marido... era um grande mistério, que eu não me lembro muito bem não. O pessoal mais velho conhecia. Morava com os filhos.

Parte com diabo, não sei se tinha. Só sei que, na cava da Maria do Quêta, ele morava. Aparecia! tinha uma porteira que as mulas não passavam de jeito nenhum. Refugavam! Nem mula nem burro. Só cavalo. Cavalo é que é burro. Chegava lá, passava por cima, no meio do pasto, mas na cava não passava. O burro faz com a orelha assim, ó, e estaca! Cortava volta. Para passar de burro ou de mula tinha de ser fora da estrada, no meio do pasto. foi lá que o burro do Zé Dorinho, levando o dono e dois balaios de ovos, se espantou... Quem sabe viu alguma coisa?

As plantas da beira do córrego? A mais importante era o imbiri. Que o povo chamava de ingerca, angerca ou... é angélica, né? Mas lá era ingerca. Ou angerca. Durante o dia, é uma planta comum. Mas vai chegando a tarde ela começa a cheirar. Vai abrindo, abrindo, vai soltando seu perfume – doce, forte –, melhor de sentir depois que o sol se põe. E fica uma delícia de cheiro... e a angerca era uma coisa danada. Porque, primeiro, a gente gostava de pescar de anzol perto dela: se engarranchasse, era só puxar pela "orelha", ela saía com o anzol grudado. Então, tirava o anzol e depois cortava a planta, fazia revólver pra brincar de faroeste. A munhequinha. Ela dava muito era no munho, mas no munho o meu avô não tirava, deixava pra cheirar. Só tirava de dentro do rego. Lá na "boca do inferno" ele não tirava não.

A outra coisa interessante da angerca é que fazia chá. Mas não era todo mundo que bebia não. Servia pra ficar doido! É, uai! Bebia! Quando um queria vingar do outro, punha um chá de angerca pra ele, ele ficava meio doido lá, não sabia por quê, diz que punha feitiço e tal... Uns bebiam por querer. Outros, não. Mas ninguém falava. Era escondido. Ninguém falava, ninguém contava. Fazia o chazinho, escondido, da flor. Chamava "chá de borboleta". Porque a flor parece uma borboleta, mas era... Sempre que ficava um, punha a culpa no outro. Ninguém sabia quem. "Cê tá bebendo chá de borboleta!" O cara ficava zoado, como se tivesse bebido muita pinga! Mas não desmontava. A diferença era essa... Não caía. Era um fogo que o sujeito não escornava. Era outro fogo.

Dia de domingo

Domingo era dia de não fazer nada, dia só de ir pra Caixa d'Água esperar o trem. A Caixa d'Água era uma parada onde o trem bebia água. A caixa era de ferro, quadrada, vermelha, cor de ferro, tacheada nas emendas, sem nem um pingo de solda. Nela se juntava água vinda de um rego encanado que dava num tanque de cimento. Na beira dele sentávamos todos: pais, tios, primos. Só homem, que ir à Caixa d'Água esperar o trem não era programa pra mulher. A diversão dos adultos era falar de mulher, fazer catira, jogar baralho. A mangueira da caixa, grossona assim, era feita de sola. A diversão dos meninos era esperar o trem.

O trem vinha de muito longe. Da França, de São Paulo, do Nordeste, onde moravam os heróis das histórias do vovô. O rei Artur e seus doze pares, o Cancão de Fogo, o João Grilo, o João de Calais, o Amadis de Gaula... De repente, na cabeça da gente, podia descer do trem, no meio do povinho comum do lugar, aquele pessoalão todo, com espada, chapéu de penacho, altas botas; ou os personagens do Nordeste, cantados e decantados nos livrinhos do ABC.

O guarda-linha era o tio Zé da Tiana, irmão do vovô. Ele mantinha um jardim de flores amarelas na beira da linha, cuidava delas durante a semana. No domingo, mandava a gente apanhar as flores e colocar nas jarrinhas de metal soldadas na frente da máquina. Eram duas jarrinhas presas acima do limpa-trilhos para, em dias solenes, colocar nelas as bandeiras de Minas e do Brasil e outras bandeiras festivas.

Esse trem era a ligação da Caixa d'Água com o mundo, o mundo que a gente imaginava, juntando tudo o que cada um ia falando. Tinha também a estrada de automóvel, mas, para nós, importante era só a estrada de ferro, apesar de nesta só passar a máquina. Com a nova rodovia, o trem caiu em declínio, foi para segundo plano. Isso nos deu muita tristeza, porque os automóveis não tinham hora certa, eram dirigidos por pessoas desconhecidas, que passavam correndo, a conta da gente avistar sem poder chegar perto direito. Só os caminhões de entrega (de biscoito, de cigarro, de bala), mais tarde, vinham de tanto em tanto tempo, mas, mesmo assim, nem se comparavam ao trem.

Quando íamos à cidade no domingo, íamos de trem e era uma viagem bonita. O trem bamboleava, jogando pra lá e pra cá, apitando muito porque era domingo e todo mundo estava alegre. Durante a semana apitava pouco, não tinha graça. Era quase calado.

A meninada punha a cara de fora para sentir o vento batendo. Só não podia abrir o olho, que caía cinza e até brasinha e fagulha, saída da chaminé. A gente não ia fazer nada na cidade, ia só andar de trem. O barulho do trem era muito bonito – tlec-tletec-tlec-tletec, chung, chung, chung –, passando pelas emendas dos trilhos e dando descargas de fumaça, de vapor, como se fossem grandes peidos. Ou gemendo, gritando e rindo, conforme o caso, com seus diferentes apitos.

O sonho com vovô e o mundo do Bastião

Sonhei com vovô. Ele estava elegante, sentado ao lado de um cavalo muito bem arreado. Suas botinas, soladas de couro, eram novas e engraxadas, sua roupa nova, calça de brim cáqui, camisa branca toda abotoada, chapéu de lebre, cabelos brancos acinzentados, penteados com todo o capricho, canivete "Corneta", cabo de chifre, pendurado no cinto.

Tirou o chapéu pra falar do mundo onde eu e meu irmão éramos ainda crianças. A narrativa era na Casa Velha, na porta da cozinha, em frente a mangueira em que subi pra derrubar a lua, de frente para o terreiro de meu pai matar porco de madrugada, perto de onde ficavam sentadas as onças, no lugar em que eu e vó Mariolina nos sentávamos para depenar os pássaros – sabiás, juritis, sanhaços, rolas e rolinhas – apanhados na arapuca. Então o vovô falou:

— De primeiro o mundo acabava mais perto. Para a esquerda o mundo acabava no Inácio Caetano, na casa da Dindinha. Pra trás, em Itapecerica. Uns dizendo que mais longe. Talvez no Cafofo, na Neolândia, ou em Formiga. Nunca fui lá pra ver, não sei. Pra frente, o mundo acabava mais longe e era pra onde todo mundo ia, até o trem. Acabava primeiro em Lamounier. Depois, nos Espraiados, nos Lameus, nos Costas. Depois na Sucupira. Depois ainda, o mundo tomava muitos rumos antes de acabar, seguindo a máquina ou os automóveis. Pra esquerda, lá mais pra frente, acabava em Divinópolis, passando em Engenheiro Berredo. Mais pra frente ainda, acabava em Cláudio. Pra direita, em Carmo da Mata e Oliveira. Mais pra frente ainda de tudo, acabava onde todos iam, em São Paulo. Depois de São Paulo, não havia mais mundo. Não havia mundo (ou mundo que prestasse). São Paulo era grande e bonita! Grande... E bonita! Era lá que ajuntava o mundo e o mundo de todo lugar e de todas as gentes. E depois que a Máquina morreu, morreu também muito mundo. Foi uma época triste.

O meu jeito de ver o mundo eu herdei – ou aprendi – do meu pai, do meu avô e do Bastião. Pro Bastião, o mundo era uma coisa mágica, completamente fantástica. São Paulo estava sempre presente, no centro de tudo. Era o lugar mais prodigioso que alguém podia imaginar. Ele dizia: "Olha, Zezito, São Paulo você não pode deixar de ir, é a coisa mais bonita. Na cidade, mesmo, eu nunca fui não. No interior, já. Tem Barretos, e Barretos tem coisa que você não acredita. Tem muito boi, mas tem coisa lá muito mais bonita do que boi. Tem luz elétrica. Esses postes de telegrama daqui vão todos pra lá. Tudo que tem aqui vai pra lá. Não tem nada que vai pra outro lugar, que não tem outro lugar pra ir, fora de São Paulo. tudo que sai daqui tem que ir pra um lugar melhor. E lá é que é o lugar melhor. Até o trem que sai daqui deve parar lá, com certeza. Saber, certo, eu não sei não, que nunca fui. Se você quiser a gente pode experimentar". Tratamos muito de ir, mas nunca fomos. Era uma conversa particular, essa de ir a São Paulo. Um segredo nosso, sagrado.

Uma vez ele contou, com um ar de grande revelação, sua importante descoberta: o mundo não acabava em São Paulo, ia muito além! O mundo, na verdade, acabava no Rio Grande do Sul, lugar onde existia um povo muito branquinho. Eram branquinhos porque moravam debaixo d'água, pois não aguentavam o calor e a claridade. De vez em quando saíam da água e tomavam um pouquinho de sol. Só um pouquinho, a conta de saber das novidades cá de fora. Falavam uma língua estranha, coisa que eu achava mais do que normal. Afinal de contas, como é que, sendo tão diferentes em tudo, iam falar a nossa língua?

Belo Horizonte, garantia ele, nunca passou de um lugar sem importância, onde tudo era dele e todas as pessoas eram suas empregadas. antigamente tinha sido uma enorme fazenda. Com o tempo, foi juntando gente, vinda de todo lado, acabou virando cidade.

Bastião descobriu o rádio através de um aparelho Semp que meu pai comprou e pôs na venda. Bastião escutava o rádio horas e horas. Aí, cismou com política. Políticos, com medo do governo dele, instalaram em sua cabeça um instrumento de tortura que doía muito e o deixava de ideia fraca. Ficavam com raiva porque ele tinha construído muitas usinas e, por causa do seu governo, ninguém mais ia ficar no escuro. Pelo contrário, com fartura de eletricidade, muita coisa ia poder ser mecanizada, gente da terra que tinha saído pra melhorar de vida voltava e punha indústria que dava muito emprego, não se falando de luxos e confortos que só existiam em cidade grande ou mesmo no estrangeiro. Uns iam comprar liquidificador, podiam fazer suco, vitamina de tudo quanto era fruta e legume, melhorando a saúde da população. Geladeira também, era conforto do outro mundo. Mesmo sendo mais caro, alguns garantiam que não dispensavam aquela modernidade. E o rádio, poder escutar os programas preferidos, cantor do Rio e de São Paulo, dupla de caipira daquelas sacudidas, cantando entoado, dando até vontade de chorar... Noticiário, *Repórter Esso*, o mundo mais distante chegando de repente pra bem pertinho, misturado com a Caixa d'Água.

Nesse tempo, já falavam em televisão, um aparelho onde as pessoas andavam, conversavam, igualzinho no cinema. Só que dentro de casa. Levindo falou que, se quisesse, podia fazer o rádio virar televisão. Bastião destripou o Semp todinho, mas não conseguiu.

Tanto modernismo ameaçava os outros políticos, que até mandaram tirar das pratinhas o rosto do Bastião e colocaram outro rosto, de um político seu inimigo. Muita coisa ele já vinha aturando calado, mas essa, das pratinhas, já era demais, ele não podia deixar passar!

Com o rádio, Bastião descobriu que havia muitos outros lugares além de Itapecerica, Divinópolis, São Paulo e Rio Grande do Sul. Lugares onde falavam palavras que ninguém sabia, nem imaginava que pudessem existir. Mas Bastião não se apertava. Enquanto o povo ficava naquela confusão, querendo entender, cada um dando palpite, fazendo aposta e teimando, ele chegava botando água na fervura: "Faladas com a boca, eu entendo tudo!", garantia. Também pudera: ele, sendo presidente, tinha mesmo de dar conta de tudo, dar definição das coisas mais extravagantes. É pra isso que tem presidente. Senão, que vantagem?

Mas outras falas, nem ele dava conta de saber e explicar. Mesmo tendo passado dias e meses escutando, quase sem parar. Só o tempo de comer, dar um cochilo rápido, fazer uma necessidade, tudo às carreiras. "Deve ser gente de outros mundos, diferentes da Terra", concluía Bastião. E justificava: se existia tanta terra depois de São Paulo, devia ter também mais mundos – muitos mais, quem sabe? – do que esse nosso. Essas e outras falas não tinham palavras. Eram zunidos, apitos, sei lá. O pai garantia que era interferência, onda curta, estática, acho, mas não adiantava. Bastião continuava teimando que era conversa vinda de muito longe, de planetas distantes, de povos diferentes, que estavam tentando conversar com o pessoal da Terra.

Com o rádio, aumentou o movimento da venda. Vinha mais gente, o povo ia ficando, na mamparra, entretido com a conversa, esperando a hora das modas de viola.

Dos muitos casos que saíam, lembro este, do Leleco Pereira:

"Eu tava meio à toa em casa, resolvi dar uma volta pra ganhar uns cobrinho. Cheguei na casa do Zé Bento, ele me deu serviço por uma semana. No sábado de tarde comecei a juntar a mochila, ele perguntou:

— Ondé c'ocê vai?

— Vo'mbora, uai. O serviço num cabô?

— Ora, fica aí hoje, amanhã nós vai ver uns caipira.

Eu, fui, perguntei:

— Ondé c'ocê vai tirar caipira no meio do mato?

Ele falou:

— O Sô Zeca tem um rádio, sô, o povo tá indo pra lá no domingo, ele já tá até cobrano.

Eu acabei ficano. No outro dia saímo cedo pra lá. O povo já tava chegano. Passou um pedaço, Zé Bento falou:

— Ô Sô Zeca, nós viemo ver o caipira.

Ele disse:

— Eu vou chamar a Maria, ela é que entende de rádio.

Ele entrou lá pra cozinha, daqui mucado envém Sô Zeca mancano e Sá Maria troteando atrás. Eu tava vendo aquele caixotinho em cima da mesa mas não sabia o que podia ser. Logo ela mexeu no bigodinho dele e eu vi um palitinho rodano. Eu pensei: tá caçano os caipira. Ela não achou e esbarrou foi com uma missa. Sô Zeca era muito devoto, bateu o joelho no chão. Nós fizemo o mesmo. E esse padre danou a falar, e a xingar, e o povo taí joelhado, joelho duendo, descansava um mucadinho, outro mucadinho e nisso foi um nacão do dia. Quando cabô eu falei com o Zé Bento:

— Ocê que fica esperando caipira. Ocê fica, eu já vou embora.

Peguei meu chapéu, mexi areia. Nem despedir do povo da casa eu despedi..."

***

Bastião tomava pouco banho, esconjurava quando chegava sábado, dia de banho geral obrigatório. Porque, durante a semana, tapeava lavando os pés na hora de deitar. Tempo de calor, passava uma água no pescoço, debaixo do braço, mal-mal, a conta de refrescar alguma coisinha. Agora, dia de sábado, era a mesma lengalenga, minha mãe toureando Bastião, Bastião inzonando, tentando escapulir. Quando não tinha mais jeito, entrava para o banheiro, abria o chuveiro, daí a pouco saía, praticamente seco. Aí minha mãe, mesmo chamando Maria Caladinha, trepava nas tamancas, punha a boca no trombone:

— Com efeito, Bastião! Um homão desse procedendo que nem criança...

— Que foi, Maria?

— Ó, Minha Nossa Senhora! Então pensa que a gente é surda? Ou boba?

— Que que é isso, Maria? - indagava ele, fingindo espanto e desentendimento.

— Ah, Bastião, sai pra lá, sô! Cê entra pro banheiro, abre o chuveiro, sai sequinho de tudo e pensa que me engana?

Bastião ficava sem graça, tentava sair fora, mas não tinha jeito. Minha mãe encantoava o espertinho, ia empurrando o irmão pra dentro do banheiro, com um argumento final:

— E esse sabão? Entra semana, sai semana, cê encafua aí, faz sua papeata, mas essa isquinha de sabão nada de acabar...

Impaciente, Bastião cortou a conversa:

— E pra que sabão, Maria, se o que há de lavar é cada dia mais pouco?

Bastião tinha lá suas manias – muitas. Mas sua hora melhor era de noite, céu estrelado, cheio de diamante, ele esperando algum cair, a gente torcendo, escolhendo qual é que podia ser. Doido pra apontar, mas proibido por ele, senão, na certa, dava verruga na mão. Aí, era aquela dificuldade, precisava fazer promessa, simpatia, cada um ensinava uma coisa. Uma simpatia muito usada era botar fel de porco na verruga, esperar sete dias até ela cair. Mas tinha uma coisa: havia de ser fel de porco, se fosse menina-mulher, e de porca, se menino-homem. Melhor, mesmo, era não apontar estrela. Por isso, quando o céu estava muito estrelado e a tentação ficava grande demais, Bastião obrigava a gente a escutar história sentado em cima das mãos. Era mais garantido.

Arapucas

Bastião e vovó viviam fazendo arapuca, porque tinha passarinho demais lá. De todo tipo, tamanho e cor. Dava gosto ver os dois, que nem duas crianças, tirando embira, escolhendo as varetas, de pau verde e reto, evitava formar greta e escapulir pelos buracos. Arapuca pra passarinho pequeno podia ser de bambu mesmo, com umas pedras amarradas no alto, fazendo peso. Mas lá era cheio de juriti. Então, pau verde, mais grosso, pesava, não tinha perigo do bicho fugir. Porque, na hora que desarmava, tinha passarinho que ficava meio doido, dava peitada, fazia de tudo, tentando escapar.

Depois de escolher as varas, Bastião media o tamanho que precisava, ia cortando, de duas em duas, a parte mais grossa, maior, ficava embaixo, as mais finas e curtas em cima, até formar uma espécie de pirâmide.

Aí, vinha o mais importante: armar, de modo que o passarinho, entrando para comer milho – ou canjiquinha, ou farelinho, conforme fosse –, pisasse numa das varetas e desarmasse a arapuca.

Ela ficava sempre debaixo de uma das muitas laranjeiras que havia na horta e toda hora pegava. Era só ir lá, tirar o passarinho, segurar pelos pés e dar com a cabeça dele num tronco ou numa pedra. Então, punha num pilão pra de tarde depenar todos juntos. Quem cuidava de tirar, matar o passarinho e armar de novo a arapuca era a criançada. A gente fazia isso com a maior naturalidade desse mundo. Sem sentir culpa, achar errado, ter dó deles. Vó Mariolina dizia que os bichos tinham sido feitos pra servir ao homem e ninguém estava matando por matar, só de maldade. Era pra comer.

De tarde, o pilão estava apinhado de passarinho de todo tipo. Juriti, arroxeada, meio vermelha, tons mais vivos e brilhantes, porte elegante, peito estufado. Rolinhas, parentes próximas das juritis, do tipo caldo de feijão e fogo-pagô. Sabiá, do peito roxo e laranjeira. Fora os sanhaços, bem-te-vis e saracuras. Todos quentinhos, na hora que pegava. Os pés das rolas, rolinhas e juritis eram friinhos, limpinhos e vermelhos. Os da saracura, azuis. Os olhos das pombas e das saracuras eram vermelhinhos, pupilas pretas, os mais bonitos. A gente esquecia da vida reparando neles, até que vovó ou Bastião chamasse a atenção, mandasse voltar pro trabalho. Agora, igual às saíras não tinha nenhum. Espertas, elas moravam nos altos das árvores, cortavam o ar com seus gritos e cores, parecendo um riso verde-azulado de alegria, e não havia meio de caírem em arapuca. Eram as mais sabidas, as mais bonitas. Eram pássaros de cores metálicas, azuis, verdes, dourados. Nhambu também era uma beleza, elegante, pisava leve. Ariscos, nem passavam perto da arapuca. Igual saracura, que só pegava em laço, no brejo.

De tarde, sentados na porta da cozinha, juntava todo mundo pra limpar passarinho. As penas das pombas, soltas, saíam fácil. Do nhambu também. Só as penas da cabeça, muito agarradas, é que custavam. Tudo isso de arapuca era na Casa Velha, num tempo que hoje parece antigo demais.

Passarinho na gaiola quem tinha era tio Raimundo, na casa do vovô. Canário-do-reino, belga, chapinha, pintassilgo, pássaro-preto, azulão, papa-capim. Uns criados sempre em gaiola, raça vinda de fora, outros pegos em alçapão, na terra de arroz, perto do curral ou no fundo da horta, tempo de fruta. Todos de canto.

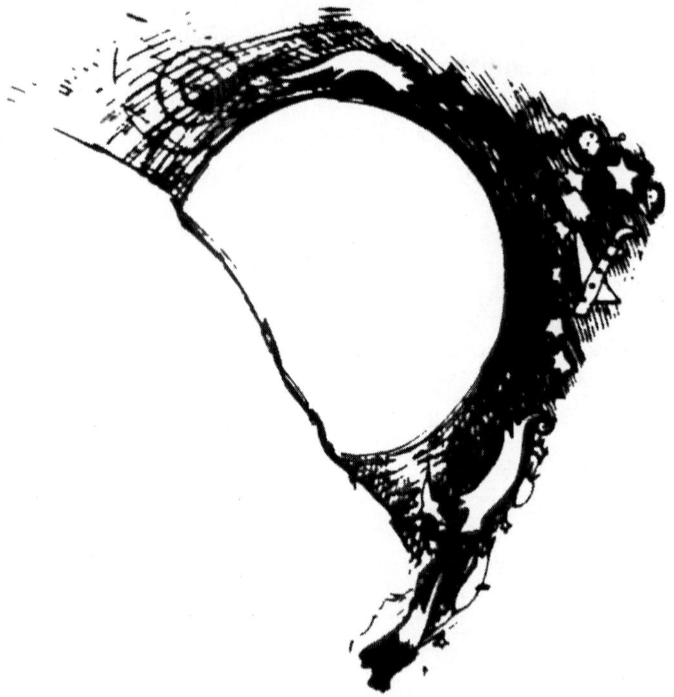

Cheiros

Até hoje sinto os cheiros daquele tempo. E lugar. Eram cheiros nítidos, cada um de um jeito, quase de pegar com a mão. Dos bichos, primeiro. Tamanduá, de longe a gente sabia. Tatu, também. Só faltava falar a raça. De formiga e terra velha, de terra de barranco. O ar era cheio de cheiros: de flor, principalmente de tardinha, boca da noite; de biscoito assando, folha de bananeira debaixo de broa de amendoim, vassoura de alecrim no forno. Cheiro de cama limpa, lençol alvejado, colchão de palha, travesseiro de marcela. De milho velho no paiol, caruncho dando coceira e vontade de espirrar. De jatobá e de pau-d'óleo; de abelha arapuá, abelha-de-cachorro, barbeiro e percevejo, de mangangá, também chamada maringanga, em flor de abóbora, o preto voando no amarelo, zoada de bicho de asa em tempo de floração. E, em sábado de banho geral, óleo de ovo, sabonete, brilhantina, pó-de-arroz e água de cheiro Cashmere Bouquet, lembrando a novela da Rádio Nacional. Chá de alfavaca, mentrasto, cravo e canela, erva-de-santa-maria e melão-de-são-caetano, fruta amarela rebentando em sementes vermelhas e soltando latada da cerca de bambu. Banana, de manhã é ouro, de tarde é prata, de noite mata... Ademais das ditas prata e ouro, a maçã pedregosa e doce, mais a marmelo, que uns chamavam marmela, fêmea, meio travando, se só de vez, danada de boa de fazer doce, também se comendo crua, frita ou cozida. E feijão cozinhando sem sal, café quentando na mesma e própria panela? Lenha verde, chorando, dando escuma e fumaça a arder os olhos? Na panela, o frigir das comidas, uma verdurinha temperada, trivial, molho de ovo, arroz branco e provisório, guisados vários. Lá fora, por pastos e currais, notícia de vaca, esterco e mijo. De égua, mula, baixeiro, urina de cavalo, bosta de gado, cachorro molhado em tempo de chuva, morrinha de cachorro em qualquer tempo; de mandioca-brava, raspa secando no terreiro, polvilho azedo, no tanque ou no jirau, farinha torrando, farinha seca, beiju novo, bom de misturar leite e sal, beber até empanzinar; de biscoito de araruta, de polvilho, de bolo, rosquinha e brevidade; de furar cisterna, terra nova, do fundo, vindo pra fora, amontoada na beirada; fumo de folha, secando no varal, ou de rolo, no cigarro de palha, bem seco, cortado com canivete, esmigalhado com os dedos na concha da mão; ou molhado, melado, no cigarro de papel – Continental, Saratoga, Hollywood, Fio de Ouro, Douradinho. Cheiro de bicho, de gente suada, trabalhando, ou, no sábado, depois de banho geral, pronta pro à toa. De menino, de menina, de homem, de mulher nova, de mulher velha; cheiro do mês de agosto, de junho, de dezembro. De poeira, de chuva no ar, de chuva no chão, criadeira, malhando sem parar, fazendo a natureza renovar de verde e esperança, entra ano, sai ano, a vida inteira, enquanto o mundo for mundo.

O trem e a televisão

Quando meu pai mudou pra cidade, atrás de progresso e melhoria de vida, arrumou casa na beira da linha, de acordo pra botar venda. Em vez dos tratores morro abaixo, sacudindo a Casa Nova da Caixa d'Água, trincando a parede e assustando minha mãe, agora tínhamos o trem, duas vezes por dia. Quando ia e quando vinha.

De casa à estação, ponto final do trem, era perto. Ele chegava de frente e voltava de fasto, ia até o viradouro e colocava novamente a cara pro nascer do sol, de onde tinha vindo. Nesse tempo, eu já sabia que o sol nasce no leste, aproveitava pra exibir meus conhecimentos, coisa que minha mãe acompanhava com orgulho, mas sem evitar um certo muxoxo pela metidez.

De tarde a estação lotava de gente esperando o trem, pra ver quem chegava, bisbilhotando os despachos que desciam, reparar no tipo das encomendas, prestar atenção no jeito do pessoal da estrada de ferro trabalhar, a ar sério e competente de cada um, o maquinista conversando com o chefe da estação, todo importante, meio cansado mas orgulhoso no seu uniforme, espécie de oficial comandante. Daí a pouco a estação esvaziava, cada um tomava seu rumo, logo era hora da janta. E o trem, encostado ali, a composição já desengatada, descansava. Como todo mundo, naquela hora.

Às nove da noite, o maquinista vinha, punha a máquina pra funcionar. Bem devagarinho, soltando longas baforadas, ela seguia pro virador. Ia de fasto, virava, depois já ficava de cara pro nascente (ou leste, pra ser mais chique), no outro dia era só ligar e sair.

O cinema, maior sensação pra quem tinha vindo da Caixa d'Água, terminava pouco antes das nove. Então, a gente ia correndo para a estação, sem tomar fôlego nem se distrair pelo caminho, a conta de pegar carona na luz do trem. A rua era escura e o trem, com o farolão aceso, facilitava nossa volta pra casa. O trem andando de fasto, aquela luz fortíssima, era preciso calcular a distância certa e andar na mesma velocidade dele pra não ficar nem muito claro nem muito escuro. A gente dizia que a corrida era "atrás da frente do trem de fasto". O maquinista, nosso vizinho, conhecia a turma toda, acabou ficando nosso amigo. Sem dizer nada, ele também com certeza esperava aquele momento de diversão. Da cabine, conduzia o trem e a brincadeira. Quando a gente tinha pego o ritmo certo a luz iluminando o caminho sem ofuscar a vista, ele mudava a velocidade, era preciso andar mais depressa e sair do escuro, ou mais devagar, tirando o clarão dos nossos olhos. Aí, recomeçava tudo de novo, na cadência certa, e assim continuava por algum tempo. Todo mundo calado, correndo, o ar meio faltando, os pés doendo de pisar nos cascalhos, medo de tropeçar nos dormentes, tomando cuidado com os mata-burros e os buracos. De vez em quando ele apagava a luz e dava longos apitos, fortíssimos, agoniados, de pôr qualquer um surdo. Na escuridão inesperada, coração aos trambolhões, tropeçávamos todos, muitas vezes caindo uns por cima dos outros. O trem então parava, acendia a luz de novo, esperava a gente levantar e seguia pro virador, pronto para repetir a maldade a qualquer momento. Assim era toda noite de carona na luz do trem, tendo ou não tendo cinema. Todo mundo sabia o que ia acontecer, xingava, machucava, mas ninguém desistia.

Outra descoberta importante da época foi a televisão. De tão rara, só havia um aparelho na cidade. Ficava na casa do coletor, beirando a linha do trem, perto da estação. Juntava gente, formava quase uma multidão, todo dia, a partir da boca da noite, até oito, oito e meia, pra ver o *Repórter Esso*, *O direito de nascer*, algum programa de variedades. No vozeirão do Heron Domingues o povo virava "testemunha ocular da História" e ficava sabendo as últimas notícias do Brasil e do mundo. De repente, era como se a gente não estivesse mais na Caixa d'Água (no tempo do rádio Semp) ou em Itapecerica, diante da televisão do coletor.

Mas as novelas que faziam sucesso ainda eram as do rádio, principalmente da Nacional, as aventuras do Anjo, do Jerônimo, o herói do sertão, sempre com o Moleque Saci. As novelas do rádio começavam depois da hora do Angelus. Em seguida o pessoal batia pra casa do coletor. De tanta gente invadindo a sala, o povo só aumentando, ele acabou colocando o aparelho em cima do murinho do alpendre pra todo mundo ver à vontade, sem que uns ficassem tampando os outros ou alguém tivesse de colar a cara na televisão pra caberem todos na sala. O povo comparava com o cinema, só que era muito melhor: serviam café com biscoitinhos, pipoca à vontade, trazidos por uns ou oferecidos pelo dono da televisão. O prestígio do coletor era tanto que só não virou prefeito porque não quis. Não foi por falta de insistirem.

Mesmo assim, sempre aparecia alguém de mal com a vida, desvalorizando a televisão. Sô Quintino da Sinhana mesmo era um. Um dia, no auge da novela, todo mundo ali, caladinho, prestando atenção às peripécias do Albertinho Limonta, Dom Rafael de Juncal sem poder contar quem era o pai do rapaz, porque, com aquele derrame, só ficava gemendo, ninguém entendia. Pois naquela aflição toda, Sô Quintino não foi capaz de fechar os olhos e ficar murmurando, perturbando todo mundo? No intervalo, deram uma bronca, perguntaram o que é que ele tinha ficado gungunando o tempo todo. Com cara de pouco caso, ele falou: "Grandes merdas essa tal de televisão! A gente tampando os olhos, é igualzinho um rádio...".

Agora, uma coisa é certa: com televisão, o cinema começou a perder a graça. E ninguém mais queria saber de correr atrás do trem de fasto. Quando ele passava, dava chuvisco na televisão, arredava todo mundo que estava sentado na beira da linha, nas cadeiras e tamboretes, até no chão, nas pedras beirando os trilhos. Era o maior transtorno, o povo resmungando, acabava perdendo um pedaço do programa, depois era aquela perguntação, uns querendo saber o que tinha acontecido, outros mandando calar a boca, prestar atenção. Assim o trem sofreu sua primeira antipatia. A única, talvez.

Cor

Só mais tarde eu soube de verdade. Antes, só desconfiava: cheiro é o mesmo que cor. E o que era colorido e não cheirava? Mais difícil: sentia por dentro, certeiro, e o nariz não acusava. E as cores da minha infância? Pastos de verdes capins, verde-escuro da capoeira de angá. Vermelhos também eu tinha, das férreas terras, primeiro ocres, depois vermelhos verdadeiros, fortes, de tingir o pé, enfear sapato e botina, sujar cachorro tatuzeiro. Preto era brejo, barro de telha. Preto ainda mais em noite de estrelas escondidas, não adiantava querer apontar com dedo. Negrume enorme, que nem cheirar coisa deste mundo cheirava, cruz credo! Cheiros eram em tudo, até nessas cores, nessas coisas de cor. As que não cheiravam, o nariz mandava recado, parece, ao coração, espécie de alegria. Verde cheirava capim, capim-santo, capim-gordura, meloso, morno e doce em sol depois de chuva; manjerona e manjericão, cravo, losna, erva-de-santa-maria, lombrigueiro batuta, capim cagado de fresco, bosta quente de vaca, boa de, em manhã de geada braba, espraiar dos dedos ao pé inteiro, atolando no calor do estrume fumegante, quentura das entranhas do animal. Vermelho era cheiro de quentume da terra, resplandecida nos trilhos, nos malhadouros de gado, cortados nos redondos do pasto verde, nas minhocas das estradas de terra, fita amarrotada a sumir de vista. Só sabia que isso tudo cheirava, até estrada vermelha lá longe. Quer dizer, mais adivinhava do que sabia. Saber, mesmo, real, acho que só Deus. Porque quando o freguês sabe sem ter conhecimento, assim num lampejo sem explicação, aí, então, é que Deus está mesmo por trás, com toda a certeza e presença. Amarelos? Dos mais cheirosos: da acácia fedegosa, da marcela, da manga, laranja, mexerica, cagaita, murici, araticum, que o povo trata de articum, abreviado e doce, cagão e cabeça-de-negro. Acácia é amarela inteira, da flor à raiz, amarga, tão amarga que vira santo remédio contra lombriga e solitária de porco arreliento pra comer. Marcela? Cheiro de limpeza, boa de encher travesseiro, trazendo sonho com campos sem-fim, touceiras e mais touceiras de flor esperando o carinho de mão humana. Birosca? Amarelinhava nas chuvas de setembro, entrada das águas, no rebentar de abelhas e marimbondos – elas sendo Europa, da África, de cachorro, arapuá; eles, marimbondos-tatu, só de ver a gente pelava, mangangá e pólvora, que no comum, palavreado de todo dia, era tratado de porva. Que cheiro tinha flor de birosca, madeira boa de fazer caixão? De tão alto o amarelo, majestoso lá nas grimpas, ninguém nunca pôde saber. Tambu é vara boa pra mãe exemplar menino e deixar vergão na bunda; mais encorpada, sapecando no fogo, vira cabo de enxada ou vara de carrear, ferrão e correntinha tinindo na ponta, dando sinal do candeeiro ou carreiro mestre. É pau amarelinho clarinho, amargoso, madeira forte de cheiro afirmado. Rosas? De todas. Cheiro melhor nunca houve. Na novena de todas as Nossas Senhoras, rosinha clara, de anjinho a ser enterrado pagão em caixa de sapato, economia de caixão: só a carinha de fora, de carapuça, o resto é rosinha da miúda, trepadeira, escondendo semblante de criança que só passou pra dar notícia dos grandes mistérios da vida na morte. Também no caixão branquinho de moça morrida sem casar, virgem de maldade, cheirosa como nasceu. Rosas (e cravos) de defunto já chorado e passado, dessas nunca quis, nem cheirei. Quis outras, isto sim: do jardim do coreto em noite de baile dos namorados, pra só ficar amigo de moça bonita ou, dando jeito, principiar embengação. Azuis eram os do céu e de águas amadas por céus. Águas cheiram, quem duvidar que ponha sentido. Meios-dias doem na vista. Meias-noites assombram com gelos de lua em frios espelhos de águas mortas, morada de Caboclo, sepultura líquida de encantados de Iara.

Vagalume

— Vagalume, tum-tum, seu pai tá aqui, sua mãe tá ali.

— Já pra dentro, menino! Brincar com fogo faz mijar na cama!

Vagalume é de dezembro, como luzinha de natal, pequena e verde estrela voadora. Pirilampo é diferente. No breu do brejo – que vagalume e pirilampo é tudo vivente do brejo, beira d'água – pirilampo pisca aqui, apaga, aparece lá mais pra frente. Já vagalume, não. Vagalume lembra automóvel, farol que não se apaga. Não se apaga mas tem luz alta e baixa. Baixa, dormindo; alta, acordado, caçando namorada nos ares. Pirilampo pisca é a bundinha, com pinta de *fosque* que tem embaixo. Vagalume liga farol e vai desembestado, parecendo que bebeu: ziguezagueando pra lá e pra cá, negaceando, dando volta, sobe-desce no ar. Pirilampo voa manso, ziguezagueia menos, mais lento, parecendo aviãozinho que também bebeu, mas porém numa altura só. Olhando na mão, parecem os dois besourinhos, o vagalume mais. Vagalume é duro, de casca grossa, marromzinho. De barriga pra cima, não dá conta de virar. Vira mas é dando teco com o pescoço, que parece de mola: vira pra trás, dá o teco, salta, aí o bicho cai em pé, já andando. Pirilampo, não. É esperto, revira com as pernas mesmo. Pirilampo é molinho, bom de riscar no escuro, com o pé ou dedo, assim, movimento de luz sobre pedra áspera. Ele some, desparece na hora no escuro do chão. Depois, a gente tendo paciência de ver, vai apagando, morrendo o risco também, só a lembrança fica, uma espécie de saudade...

"Vagalume, tum-tum, seu pai tá aqui, sua mãe tá ali" – foi mãe que ensinou, cantiga de encantar vagalume. Mas, enquanto canta, há de abanar tição no escuro, pra lá e pra cá, que nem vagalume tonto de ziguezague bêbado. O bichinho pensa que é outro, vem que vem mesmo. Pirilampo, mais ladino, esse não vem não. Vagalume rodeia, rodeia, acesão, em volta da luz. Aí é só derrubar com a camisa, deixada de jeito pra bater nele.

Ir com a gente pros brejos pegar vagalume o pai nunca foi. Achava bonito, ensinava a balançar tição e jogar camisa, mas ficava meio de longe, só acompanhando, esperando pra ver se tinha dado certo. Vontade acho que tinha. De ir junto, correr atrás, o voo tonto, cada hora para um lado. Bater camisa, abafar depois de caído, pegar, admirar, fôlego curto de cansaço e emoção. Mas não fazia, acho que pra deixar o brinquedo só pros meninos. Mãe achava ruim por fora, bom por dentro, que ela gostava de ver a criançada feliz. "Cê vai ficar gripado! Tirando camisa de noite, brincando descalço no brejo, ainda mais com tição! Vai é fazer xixi na cama, não tem remédio..." E fazia mesmo. Mas a alegria era maior que tudo. No outro dia, aquele tantão de vagalume dormindo de farolzinho baixo dentro do vidro de maionese, a pilha descarregando. A mãe vinha, pegava o colchão de palha de milho, todo mijado, punha na cerca pra secar e dizia: "Num falei?". E corria atrás da gente, cara fechada. Mas só de mamparra. A gente deixava pegar, ela fingia que dava um peteleco, todo mundo fazendo força pra não rir...

Retrato

Tirar retrato era ciência de altos mistérios. A única coisa que a gente não sabia fazer. O resto sabia: adobe, tijolo, telha, casa, pinga, farinha de beiju, farinha sem beiju, biscoitos de todos os tipos e outros inventados; botina, precata, colcha, monjolo, carro de boi, canga, canzil e fueiro, rapadura, melado e até açúcar branco, que é dos segredos mais guardados, quase uma feitiçaria.

Retrato não: era coisa do arco-da-velha, só pra horas de muita cortesia, registro e memória de gente, coisa ou momento especial: casado um e uma, morta gente grande ou pequena, anjinho ainda ou velhusca erada, tava lá o retratista registrando tudo: aliança, véu, grinalda, buquê e cauda de vestido espraiada nos pés dos dois, aquela lindeza, fartura de pano e alegria. Também como último recurso pra lembrar o morto, a cara chupada pela inevitável viagem, algodão no nariz, pano amarrado no queixo, maneira de proteger o terno, o mesmo que serviu pro casamento, única bagagem que o finado leva, mãos cruzadas ao peito, rosário entre os dedos, mesmo que em vida nem usasse rezar. Bicicleta nova, carro, junta aparelhada de boi, pé de fruta quase envergando de pesado, cavaleiro com roupa de ver Deus, montado em burro estrelo, mula ruana de arreata nova pra dia de festa de "Renado", São Sebastião ou Rosário, olha aí o retratista, vindo de fora, aquela bugiganga toda, tempão escondido atrás do pano preto, a mão direita de fora pronta pra apertar a pêra, a esquerda acenando, fazendo sinal, chamando atenção: "Olha o passarinho! Olha o passarinho!".

Então, retrato era documento sério, registro verdadeiro, só do que existia, pois nunca se ouviu dizer que máquina de retrato tirasse retrato de mentira, alma penada ou assombração.

Tio Sebastião era dos que mais apreciavam. Gostava e gastava com prazer seus cobres, pedindo – exigindo, quase – visita e serviço de retratista. E foi na casa dele que, num certo domingo sem missa, o povo empurrando o tempo com a barriga, naquele à toa de fazer gosto, apareceu o tal "gateiro", homem bem apessoado e falante que estava correndo a região atrás de gente pra colonizar Goiás. Reunida toda a população da Caixa d'Água no curral do tio Sebastião, corrido o café com biscoito de polvilho, de fubá, misturado, broa, rosquinha e pão de queijo; com prazo pra cada um fazer seu pito e acender as bingas, tudo na maior mamparra e curiosidade do que será, que não será, o povo ficou pronto pra escutar o ilustre visitante, que foi antecedido dos mais estapafúrdios boatos e palpites. Aquele zunzum ameaçando virar silêncio, meu tio sentou no lugar mais alto, na soleira da porta da sala, atrás dele minha tia e suas filhas, ao lado os filhos, parecendo pose pra fotografia. Aí, pediram silêncio, o gateiro falou: "Oia, gente! Eu moro em Goiás. E Goiás é a melhor terra do mundo. Do mundo! Só que tá principiando, ainda é mais roça do que aqui. Carece de enxada na mão de trabaiador batuta, tocador de eito. Carece de gente que quer ser rico, trabucar de verdade, progredir na vida. E é só querer, que a terra é virgem. Tudo lá é maior do que aqui. Tudo! Eu, como se diz, mato a cobra e mostro o pau. Pra ninguém dizer que é lorota minha, rastação de mala, espera só um minuto". Aí o homem tirou da malinha de sola, toda maltratada de tanto relar no lombo de burro e porta-mala de jardineira, uma coisa que parecia um quadro, uma estampa. O povo cochichava, tentava adivinhar, uns achando que era santo, outros que era isso, aquilo, o alarme foi aumentando. Aí o gateiro pegou um bruto dum retrato, cinquenta por sessenta, levantou acima da cabeça e começou a falar no meio de uis e ais, espantos e murmúrios, gente esticando o pescoço pra enxergar melhor. Então ele disse: "Tá'qui a prova do que eu falei. Porque, meus cumpadre, em retrato só inzeste, só comporta o que há! É ou não é? Alguém já viu retrato de alma do outro mundo, de lobisomem ou mula-sem-cabeça? Pois então! É onde que eu falo. Agora espia só. Alguém já viu banana maior que essa? E nem marmelo é. É maça, que se fosse banana-marmelo não cabia nem nesse retratão!". O povo vinha chegando, espiando, espantando.

Aquilo era um milagre, um prodígio da natureza. Não valia a pena ficar batendo enxada, de sol a sol, naquelas terras fracas, entra ano, sai ano, a conta de comer, quase sem folga pra uma precisão maior, hora de aperto, Deus livre e guarde. Uma vez já tinham saído atrás do beato Djalma em penitência e oração, antes que o mundo acabasse. Agora, entusiasmados com o tamanho das bananas, bateram quase todos pro Sertão de Goiás, nova Terra da Promissão, remedando a Escritura Sagrada. Pela segunda vez a Caixa d'Água praticamente esvaziou. O lugar, o povoado, bem entendido. Tempos depois, meio jururus, voltaram todos. Quer dizer, todos menos um. Esse que ficou não foi por causa do bananão. Uns falam que foi onça, outros juram que foi sucuri. Eu mesmo não sei.

É caso do tempo antigo, que a gente só sabe por ouvir contar.

Paisagem

Mãe lenhava na capoeira de angá, bem no alto daquele morro depois da Volta do Brejo, lá de onde se avista o Gama de Baixo. Mulher direita, na roça, não anda sozinha, pra evitar falação. Aí, ela sempre gostava de ir com a gente. Um dia me pegava, outro, meu irmão Levindo, dava precata pra calçar, evitava ofender o pé com estrepe. Rodilha de pano na cabeça, ia pela estrada de carro de boi que passava na Casa Velha e esgalhava pro Gama de Baixo, pro Gama de Cima e pra Barra.

Cada pedaço desse caminha tinha um segredo. Saindo da Casa Velha tinha uma cava e uma porteira com a encruzilhada para o Gama de Cima. E mãe: "Esconjura. Faz o nome-do-padre, reza o crem-deus-padre, meu filho, que o coisa-ruim parece que não tá aqui mas pode estar, que ele tem o poder de envultar. Cachorro doido, ridimunho e saci é só no mês de agosto. Saci a gente prende é debaixo de jacá, que nem galinha choca".

Eu obedecia, passava feito um raio, nem olhar pra trás eu olhava, de tanto medo. Um pouco mais adiante, minha mãe continuava a ensinar. Entusiasmada, nem parecia a Maria Caladinha de sempre.

"Olha essa espuminha parecendo de sabonete aí na poça velha de enxurrada. É sapo que botou ovo, daqui uns dia vai ficar coalhado de peixe-sapo, que filho do sapo, antes de ser sapo, é um peixinho negrinho, negrinho. Essa plantinha de folha miúda, enceradinha, ali no barranco, tá vendo, bem na sombra, parecendo um pé de café? Pois é erva, das brabas. Ela dá uma florinha branca que nem dama-da-noite. O gado come, incha a barriga e morre. É perigosa feito timbó, só que timbó mata é peixe. Gado também morre engasgado com lobeira. Acha que dá conta de engolir e não dá, que a fruta é grande, entala. Lobo também gosta, daí o nome, mas o lobo só come dela madura, que cheira longe, é amarelinha e mole, com sementinhas pretas, que nem de maracujá, assim enceradinhas. E aquela flor? É do maracujá. Maracujá tem do grande e do pequeno. É fruta boa pra quem gosta de azedume. Porque, neste mundo, de tudo que tem, tem quem gosta. Pra quem gosta de jiló, catinga é cheiro. Tem fruta mais amargosa que melancia de tatu? E tatu não apriceia, não come com a boca mais boa? Cuidado aí com a moita de japecanga que o espinho é venenoso, arranha dolorido. De joá, também, arde um tempão. Benzinho, unha-de-gato, carrapicho-de-baiano, esporão, maminha-de-porca, limãozinho-do-campo, tudo é de estrepe. Gravatá? Gravatá é de cortar, não tem espinho mas é pior que faca amolada. Corta e põe a perder peito de vaca, o recurso é matar. Ou vender pra corte. Pra acabar com gravatá, tem de arrancar com enxadão, ajuntar e tocar fogo ou jogar na boçoroca, que ele ajuda a não desbarrancar mais o buraco. A fruta dele é boa, uns gostam, outros nem tanto. Dá um cacho, parecendo coco. Mas trava na língua que nem ananás. Lobo gosta. Zé-da-roda, uns chamam amor-deixado, espeta a mão com sua bola de espinho, mas é santo remédio pra galinha de gogo. Picão é praga pra muitos, tem flor bonita, rosinha com miolinho amarelo, parecendo margarida. Também só acaba com fogo. Pra seu pai é praga. Xinga quando vem tempo de chuva e tudo de picão que ele capinou nasce de novo, parece que mais forte ainda. Eu, não. Peço até pra deixar um pé sem cortar, que a chuva pode ser vasqueira e eu fico sem meu recurso pros rins, pra tiriça, Deus livre e guarde... Já a frutinha da jurubeba, essa aí no cupim, põe na pinga pra muitos incômodos. Corta volta desse cupinzeiro morto, com buraco pra todas quinze bandas. É lugar certeiro de cascavel e cobra coral dentro. Cuidado também com essa grama-cigana, que capitão-do-mato, cobrinha pequena, das mais bonitas e venenosas, gosta de dormir nela. Cobra gosta é de sol quente. Fica brava; caninana, mais. Já te contei o caso da cascavel mais o urutu? Contei não? Cascavel, cê sabe, bate chocalho (diz que um gomo pra cada ano), avisa, e mora no mesmo lugar. Não é cobra andeja não. Cascavel encontrou urutu que, se não mata, aleija, e perguntou: "Urutu, por que essa cruz na testa?". Urutu respondeu: "Eu jurei que todo homem que encontrasse eu matava. E jurei por essa cruz". E emendou com uma pergunta: "E você, cascavel, por que quando pica alguém, pula pra trás?". "É pra não caírem em cima de mim. Porque comigo é assim: o freguês, quando cai, já cai morto!"

O caso me deu tanto medo que rezei, baixinho, a oração de São Bento: "São Bento, água benta, Jesus Cristo no altar, tira os bichos do caminho pros filhos de Deus passar". Rezei, me deu um arrepio, como se uma coisa ruim tivesse saído de mim. Aí minha mãe mostrou uma moita de gabiroba, falou que é frutinha que qualquer vivente gosta – gente e bicho – mas que tivesse cuidado, não fosse pegando antes de olhar, moita rasteira assim, fechadinha, de roda é boa de esconder cobra peçonhenta. "Não sei se cobra gosta de gabiroba, do cheiro ou da sombra fresquinha, ou se ficam é tocaiando bobo, que todo dia saem dois bobos de casa e não volta nenhum..." Falou isso, olhou pra diante, viu um pau de lenha bom de apanhar, folha miúda, legítima. Desguiou do trilho, enfiou no meio do pasto. Nisso, levou um susto, falou meio distraída: "Que bosta de vaca mais esquisita essa que eu pisei". Olhou pro pé, estranhou: "Uai, nem sujei a precata...". Nisso, um barulho no capim, lá ia ela, uma bruta urutu, abrindo caminho no meio do mato. "A valência é que eu tava calçada, né, Zezito?" Eu não falei nem que sim, nem que não. Pensei mais foi na reza, que eu tinha acabado de fazer, na proteção forte e boa de São Bento...

Passado o susto, minha mãe seguiu adiante, pegou o tal pau seco, bem junto a um pé de araticum. "Articum maduro atrai lobo, de longe ele sente o cheiro. Olha antes de chegar perto. Lobo corre mais de morro acima, que as canelas de trás são mais compridas, aí ele trupica na descida. Couro de lobo – o olho é melhor ainda – é bom contra mau oiado, fecha corpo como patuá colocado em carteira ou pendurado no pescoço."

Logo adiante, um pequizeiro, enorme, todo florido. "Pequi não é fruta de morder com força, que tem espinho fino, se entrar no sangue corre fundo, vai pra cabeça, a pessoa fica ruim das ideia, endoida ou mata. Melhor é botar no arroz vermelho, provisório, com frango. Murici, milho-de-grilo também é fruta boa. O nome, não sei por quê. Será que grilo gosta? Difícil saber a razão do nome que as coisas têm. Cagaita, amarelinha, é fruta gostosa. Mas, se exagerar, dá dor de cabeça e piriri. Agora, veneno, mesmo, é manga com leite. Ainda mais verde."

Da morte à vida, do mal à cura, era um passo: "Arruda é especial pra incômodo de gente grande, maloiado, quebranto em gente bonita, criança, vento-virado. Vento-virado põe uma perna mais curta que a outra, vai daí menino cai à toa. Então tem de curar com arruda ou ramo verde qualquer, menos pimenta, que não serve de jeito nenhum. Vira o benzido de cabeça pra baixo, junta os pezinho, passa leite de mulher, puxa os pés pras pernas ficar do mesmo tamanho. O certo é coser com trouxinha de pano, agulha e linha. Cura de maloiado murcha até arruda, dá abrição de boca no curador se a pessoa tá carregada. Já cobreiro tem que ser com faca, cortando de todos os lados o mal. Senão enraíza".

Enquanto vai falando, olha pro chão e avisa: "Cuidado, é correição de formiga preta. Sai daí, elas cortam mais que navalha. Cupim-soldado e formiga-cabeçuda também. Formiga lava-pé é miudinha, marronzinha-escura, parecendo que envernizou. É das mais doídas. Junta um tanto no pé da gente, custa a desagarrar. Formiga-rainha ainda é sozinha. É a mais dolorida de todas. É essa maiorzinha, bonita aí, ó. É a única formiga que eu acho bonita. Essa cinza, quase preta, parecendo que tem uns cabelo curtinho, que nem aranha mosquiteira, com risquinha branca nas costas e pintinha vermeinha na bunda. Quando pica, o lugar fica até branco de tanto veneno. Carece arranjar uns ovo de galinha-d'angola e pôr pra chocar com as galinha. Só galinha-d'angola dá conta de acabar com essa formigaiada toda. Pra mim, galinha-d'angola só presta também pra isso e pra gritar que nem doida: tô-fraco, tô-fraco, tô-fraco... Ovo dela é difícil, a gente nem vê. A danada voa pra longe, bota escondido, no mato. Quando vê, lá vem ela com a carreirinha de pintinho já tudo desesperado pra gritar".

— Comida? Ah, não sou luxenta não. Como qualquer coisa, dou graças a Deus, que hoje pode ter tudo e amanhã não ter nada. Gostar, mesmo, é de fazer, caprichado, tempo dilatado, pra ver felicidade na cara dos meus. Quibebe, que é mandioca cozida, desmanchando, bom de comer no frio, com carne guardada na manteiga e couve rasgadinha. Quiabo é com frango e arroz, que é bom com tudo. Jiló, com farofa de ovo. Tutu há de ser mexido com pinga. Cambuquira, com molho de cebolinha e caldo de feijão. Abóbora-d'água é batidinha como abóbora de pescoço. Frango e maionese é de domingo. De cozinha também são os chás: de manjerona, com mel, cravo e canela, flor de laranja, é tudo quente, bom pra friagem. Mentrasto é remédio pra muita coisa. E tem alfavaca, vassourinha, são-caetano, santa-maria e erva-de-bicho... Ah, tem tanta coisa que a cabeça dum cristão não dá conta de guardar. Porque Deus, quando fez o mundo, não fez nada à toa. E uma vida só é pouco pra dar conta de saber, aprender, poder usar...

"Mar? Não sei se tem. Já vi falar, tinha vontade de saber. Quem conta, diz que é água muito grande, do tamanho do céu. Pode? Água que tem peixinho e até baleia e que baleia é maior que caminhão. Será? Camarão já vi. Descorçoei de comer, parece bicho de pau podre, lacraia."

Filha de índia, minha mãe conhecia de perto a natureza, caprichava nos chás e nos guisados, entendia de cataplasma, simpatia e vomitório.

Caminhando, reparava em tudo, a coisa mais miudinha. Ia indo, de repente estacava. Reparava na estrada de terra, lavadinha da última chuva, a areia branca feito açúcar cristal, e dizia: "De tão limpinha, pode até comer se quiser, que foi Deus que lavou com sua água. Tira a precata e pisa nesse chão que é gostoso, quentinho do sol. Pisa aí nessa areinha que a enxurrada trouxe pra ver como é friinha. Até juriti gosta de pisar. Olhaí o rastinho dela marcadinho. Pisa também aí, onde ela pisou".

E o mundo da minha mãe era aquele da paisagem próxima: da Volta do Brejo, do pastinho de cima, do pastão, não além da rodovia da jardineira que passava na capoeira de angá, na invernada de capim-gordura. Era o caminho pra capelinha de Nossa Senhora de Lourdes. Era a cerca enfeitada de flor de maracujá, flor da paixão, que ficou roxa, roxinha, porque estava debaixo da cruz de Nosso Senhor e de tanta tristeza ela ficou assim.

Zé Terceiro

Um dos meus melhores amigos em Itapecerica foi o José, que morava três casas adiante da nossa. A gente era quase malungo e ele também gostava muito de desenhar e pintar. O pai dele, José Terceiro, era marceneiro caprichoso e competente. Mas fez fama de ser o curador mais respeitado na região, mestre em reza, benzeção, amarração e desamarração de todo tipo. Caladão, mas muito atento, reunia em sua casa, depois do serviço, um grupo de meninos e punha todo mundo para desenhar e pintar. Éramos eu, o José, o Jaci e o Iraci, filhos de outro curador. Iraci era um pouco mais velho e desenhava de uma forma que nenhum de nós conseguia. Nem Lazinho, ótimo desenhista que havia na escola. Aquelas tardes, na casa do Zé Terceiro, foram de enorme importância para todos nós. Posso dizer que ele foi meu primeiro mestre. Ele permitiu meu primeiro contato com cores e formas, me incentivando para uma tarefa ligada à arte, ao invés de ficar só jogando bola, matando passarinho, nadando em ribeirão, roubando fruta na horta dos outros. Não que eu nunca fizesse isso. Mas aquele tempo, todo dia, na casa do Zé Terceiro, me dava um prazer que não encontrava nas brincadeiras e traquinagens da turma. Ele ficava ali, observando, fornecendo material, elogiando, sugerindo. Dava livros pra copiar figuras, revistas em quadrinhos pra gente ler. Foi assim, quase sem sentir, que peguei pela primeira vez no "verdadeiro livro de São Cipriano", com seus textos de cabala e encantamento. Acostumado com as histórias do vovô Herculano, aquilo parecia natural. Com o tempo, a curiosidade foi se misturando com mistério, fascínio e medo. Medo de uma realidade que a gente não podia entender direito e, muito menos, lidar com ela.

José Terceiro tinha dito que o demônio às vezes aparecia precedido de um cheiro de enxofre ou de uma luz verde. Um dia, bem de tardinha, eu estava na casa dele, concentrado num desenho. Usava uma régua nova que minha mãe tinha me dado depois de anunciar, meio solene: "Isso, Zezito, é um presente que eu comprei pr'ocê; veio de fora, que aqui ainda não tem. É uma régua de matéria plástica, muito melhor do que essas de pau que andam por aí. Cê tá tomando gosto com desenho e esse presente é um modo de estimular". Fiquei muito feliz, exibi minha régua nova pra todo mundo, ninguém tinha uma igual. De vez em quando um me pedia emprestado, só por causa daqueles risquinhos sobre o papel, e, sendo ela transparente, ficava muito mais fácil usar, ver o lugar certinho do traço.

Depois que o Zé Terceiro falou no demônio, aquilo ficou na minha cabeça, volta e meia eu lembrava, o medo vinha. Na tal tarde, eu lá sozinho desenhando, todo concentrado, tive a impressão de que havia alguém mais na sala. Aí, de repente, me arrepiei dos pés à cabeça: debaixo da porta do quarto do curador havia uma luz verde andando de um lado pro outro. Apavorado, comecei a dar reguada pra todo lado, mandando o demônio ir embora, dizendo pra ele me deixar em paz. Dava reguada no ar com tanta força que uma hora a régua bateu na mesa e quebrou.

A luz verde debaixo da porta, um cheiro que eu pelejava pra acreditar que viesse do enxofre que o Zé usava pra preparar suas colas, o certo é que juntei minhas coisas depressa e corri pra casa. Quando cheguei lá, minha mãe perguntou se eu tinha visto alma do outro mundo. "Acho que era o capeta!", respondi. Contei tudo, o caso da régua, o cheiro do enxofre. Ela me deu a maior carraspana, xingou de eu viver na casa do Zé, que eu ainda era muito pequeno pra certas coisas e, de quebra, me deu uns bons cascudos pela régua quebrada.

Outro dia, conversando com minha mãe, lembramos coisas de antigamente, falamos do Zé Terceiro, das rezas e do poder dele. Principalmente tempo de chuva, entrada das águas, época de tempestade. Porque lá na Caixa d'Água o povo vivia de olho no céu, procurando aviso de mudança do tempo, ocasião melhor de preparar a terra pro plantio sem perder serviço nem semente. Qualquer cantiga de passarinho, o soprar do vento, lado do gado pastar, rebrota de planta, círculo na lua, calo doendo, picumã caindo ou sal chorando, tudo era notícia de virada do tempo. Um dia escutei um homem dos antigos falar: "Neblina na serra, chuva na terra"; ao que outro emendou: "Neblina baixa, sol que racha". Aí, fui atrás do meu avô e perguntei se aquilo era verdade, se funcionava mesmo. Seco e direto, ele deu seu parecer: "Ah, tempo de chuva, todo sinal é de chuva. O resto é bobagem, copiação de moda...".

Mas numas coisas o povo acreditava, botava fé. Por

exemplo diz que quando o céu preteava pro lado do Gama, era chuva braba, tribuzana, com raio e trovão. É a da banda do Camacho, do Campo Belo. Agora, armada na Barra, lado de Oliveira, era duvidoso, podia não vir. Se viesse, quase sempre aparecia um vento, espalhava, passava logo.

O povo pelava de medo de chuva braba. Arranjava palha benta, da procissão de Ramos, danava a queimar. Ficou a lembrança do raio, trovão, latomia, reza demais. Escondeção de faca, tesoura, navalha, tudo quanto era instrumento de aço, o gado amontoado no campo, árvore retorcendo ao vento, todo mundo apavorado, doido pro céu abrir, o sol aparecer de novo. Ou, pelo menos, a chuva amansar, formando corguinho na estrada, cachoeirinha nas pedras. E, depois de tudo, as aleluias voando, que nem a pomba voltando pra arca com um raminho de oliveira. E as tanajuras alvoroçadas, abrindo buraco, inaugurando formigueiro pra toda banda. Quer dizer, as que escapassem dos passarinhos ou dos meninos, que espetavam um graveto na bundinha delas só de maldade, pra ver a asa batendo que nem ventilador, na aflição de escapar.

A tempestade trazia medo e ameaça. Mas era o grande momento do Zé Terceiro. Quando o céu pretejava, ele saía pro pasto, pro meio do tempo, ia conversar com o vento, falar com as nuvens, afastar os raios e trovões. Mesmo sendo corisco de derrubar pé de pau, galopar em cerca de arame, pipocando aresta pra todo lado; mesmo o povo dizendo que o raio é machadinha que cai do céu, representando a ira de Deus, ainda assim Zé Terceiro não se intimidava. Aquela era a sua luta, aquela a sua missão.

Depois, o tempo invernava, chuva criadeira, barulho de goteira, vasilha enchendo lá fora, água despencando do céu, escorrida nas telhas lavadinhas, toadas de todo tipo, de acordo com o volume e conforme ia enchendo panela, penico, lata de querosene... Dentro de casa, no serão, cantigas de avô e neto, aconchego de mãe e filho: "Chuva choveu, goteira pingou, pergunta o papudo se o papo molhou".

Mas a meninada pequena gostava mesmo era de ficar gangorrando no colo dos mais velhos, acompanhando a cantilena:

"Serra, serra, serrador
Quantas tábuas já serrou?
Serra o papo do vovô".

Então, até o próximo temporal, José Terceiro ficava escondido em casa, casmurro e sistemático. Mexendo na sua oficina, passava quase despercebido, pouca gente dava fé dele.

Só quem, numa precisão, ia encomendar serviço de madeira ou reza e benzeção urgente.

Orações do Zé Terceiro

Sempre quis saber que palavras tão poderosas ele usava com ventos, raios e tempestades. Mas aquilo era mistério impossível de decifrar.

Mudei de lá, virei homem feito, casado, pai de família, a maior parte do tempo nem pensava mais no assunto. Mas outro dia encontrei Zé Terceiro. Especulei sobre os tempos antigos, rezas e encantamentos. Caladão como sempre, ele quase só escutava. Mas ganhei dele um presente, bom e inesperado: um caderno meu, letra clara e caprichada (ou será caprichosa?), com algumas das suas orações.

Contra raios e tempestades, usava as "Palavras Santíssimas". Foi assim que ele anotou esta oração:

"Christo Rei veio em paz.
E Deus se fez Homem.
O Verbo foi feito carne.
Christo nasceo da Virgem.
Christo andava em paz no meio dos Homens.
Christo foi crucificado.
Christo foi morto.
Christo foi sepultado.
Christo ressuscitou.
Christo subiu ao Céo.
Christo manda.
Christo reina.
Christo de todo raio nos defenda.
O Verbo foi feito carne.
Christo habitou comnosco.
(Pausa. Padre Nosso, Ave Maria e Credo)"

Esta outra é dirigida a Santa Bárbara, que, com São Jerônimo, seu esposo, forma o casal protetor contra raios, trovões e tempestades. Era só o tempo fechar um pouco mais que o povo invocava: "São Jeromo, Santa Barba!".

"Santa Bárbara Virgem se deitou e se alevantou. Seu sapatinho calçou. Encontrou com Jesus Cristo, Jesus Cristo perguntou: 'Bárbara Virgem, aonde vais?'. 'Senhor, para o céu me vou. Vou levar estes ventos ruins onde não haja ninguém. Nem galos a cantar, nem bezerros a berrar, nem filhos do homem a chorar'."

Abaixo uma anotação: "Oração cantada".

Depois, vem o "Hymno e Oração de Santa Bárbara", tal qual José Terceiro copiou:

"Deos vos salve, generósa Bárbara, gloriósa Virgem, fragrante Rosa do Paraíso, Candido Lyrio da Castidade.

Deos vos salve, ó Virgem toda formósa, lavada na fonte da Pureza; doce, benigna, e devota, Vaso de todas as virtudes.

Deos vos salve, alheia da culpa, ouvindo o Esposo com voz clara; vende bella, vinde amada, vinde, sereis coroada.

Deos vos salve, Barbara serena, especiósa, como a Lua Cheia seguindo o Esposo Cordeiro com doce cantico e alegre júbilo.

Deos vos salve, Barbara venturosa, que bempreparada neste Mundo, passastes com o Divino Esposo para os prazeres do Paraíso.

Deos vos salve, Brilhante Perola da preciósa Coroa de Jesus: Favorecei-nos benignamente assim na vida, como na morte.

V. Rogai por nós, Beaventurada Barbara

R. Para que sejamos dignos das promessas de Christo."

Ensina o José Terceiro que a oração abaixo deve ser rezada "toda santa sexta-feira". Assim, "sua alma será tão limpa como a raiz das estrelas. Estrela do céu coroada e o Senhor para quem souber de alguma coisa contra minha família nos braços de Maria será revogado. Amém".

"Jesus, José, Maria, tudo foste de bom dia. Numa santa sexta-feira, numa bela cruz do porto. Jesus, salvai meu corpo. Não serei preso nem morto. Nem dos males que for julgado. Nem inimigos atentados. Tantas casas de Belém, Santos Passos de Jesus. Onde estão santas e santos fazendo limpo jejum. Em hora de meia-noite, enfloreceu uma rosa nos braços da Virgem Maria. O cheiro era tanto, que todo mundo arricibia. Veio o anjo São Gabriel, perguntando pelos pastores, os pastorinhos de algum dia. Não é nada, é o Rei da Glória."

As duas últimas orações são curtas.

A primeira é uma confissão:

"Oh, meu Deus. Confesso meus pecados, que vós bem sabe quantos são. São tristes arrependimentos e eu espero alcançar o perdão. Nesta vida quero paz e na outra salvação".

A segunda é contra os inimigos:

"Eu vi os inimigos, vi. A eles não tenho nada para dar. Tenho a Hóstia Consagrada, mas esta não posso dar. Tenho a Hóstia Consagrada, mas esta não posso dar. O que me desejarem, para cima deles há de virar".

Entre tantas, duas antigas cantigas

Cantigas havia muitas. De roda, então, perdi a conta. Cantadas arrastadamente, algumas tinham letras estranhas, pareciam muito antigas ou deixavam na gente um sentimento difícil de explicar. Nas cantigas de roda, como nas histórias do vovô, imaginava amores impossíveis e pessoas de terras distantes. Na hora de dormir, eu fechava os olhos e pensava num bosque chamado Solidão, três cavaleiros acudindo Terezinha de Jesus, tentava adivinhar como seria aquele que roubou seu coração. Será que era parente de Margarida, a que morava no castelo? Quem sabe conhecia o lugar onde ficava a fonte do Tororó? Agora, bonita também era uma que falava assim: "Dizei, senhora viúva, com quem quereis se casar: se é com o filho do conde ou com o senhor general". Pro vovô Herculano, que sabia uma porção de coisas, era errado falar "se casar", questão de concordância. Mas ficava pedante, ninguém levava aquilo a sério.

De tantas cantigas, as minhas duas preferidas são de ninar. A primeira, minha mãe cantava também quando lavava roupa, jeito de prender a gente junto dela, que perto da bica era muito perigoso, cheio de cobra venenosa, urutu e jararacuçu. Era cantada também em horas de grande medo e perigo, por exemplo, durante as tempestades. Até hoje lembro dela com emoção. É uma cantiga simples e pequenininha, cantada dum jeito lento, quase monótono. A letra é assim:

"Vi Nossa Senhora na beira do rio,
Lavando os paninhos do seu bento filho.
A Senhora lavava, São José estendia,
O Menino chorava do frio que sentia.

Calai, calai, calai, ó meu amor,
A faca que corta dá talho sem dor."

A outra, também muito antiga, era dedicada à princesa Isabel, dizem que herança de pretos forros. Cantada de forma tristonha, embalava o sono (e, quem sabe, os sonhos) das crianças. A letra é esta:

"Princesa Dona Isabel,
Mamãe disse que a senhora
Perdeu o seu lindo trono
Mas tem um mais lindo agora.

No céu está este trono
Que agora a senhora tem.

Além de ser mais bonito,
Ninguém o tira, ninguém.

Aí no céu quando chegam
Anjinhos em bandos mil,
Depressa a senhora abraça
Os que chegam do Brasil.”

Zé Gominho

Zé Gominho morava pegado ao cemitério dos bexiguentos, onde o trem passava de janela fechada, o povo com lenço no nariz, prendendo a respiração, mesmo essa bexiga tendo sido há tanto tempo que poucos davam conta de saber a época certa.

Na festa do Rosário, ele era capitão de um terno de vilão. Depois aposentou, passou pro Oliveira. Dava gosto ver, aquelas espadas de pau, ele todo lorde, oficial, comandando a dança de fita, puxando cantigas, todo mundo acompanhando de voz e instrumento, as caixas marcando o compasso. As fitas eram vermelhas, azuis e brancas, remedando o cordão azul e encarnado, mouros e cristãos, que nem na Cavalhada.

No comum, Zé Gominho era curador, o maior raizeiro da cidade. Tinha lá suas plantas, tudo separadinho, classificado, cada coisa para um incômodo, o povo sempre procurando, caçando recurso, aquela confiança nele. Porque, conforme ditado antigo, mais vale a fé do que o pau da barca...

Dentro do cemitério dos bexiguentos ele tinha plantado uma fila de mangueiras de tudo quanto era qualidade. Espada, coquinha, família, doces de lambuzar a boca e deixar o cheiro forte, tirar era a maior dificuldade. Todo ano, era igual: a gente trepava no pé, escolhia as mais madurinhas, aquelas das grimpas, que só passarinho (e menino) alcançava, chupava até não poder mais, o nariz tampado pra não pegar a peste. Depois, quem disse que a gente conseguia voltar pra casa?

Meio ressabiados, íamos rodeando, como quem não queria nada, chegávamos no Zé Gominho. Mesmo tendo lavado a mão e a boca até não poder mais, ele ia logo falando:

— Roubaram manga, né, cambada?

— Que que é isso, Sô Zé? – dizia um, fingindo espanto.

— Tô com sinal de bexiga? – queria saber outro, apavorado.

— É pelo cheiro, bobo – imaginava um terceiro.

Responder, Zé Gominho não respondia. Só falava:

– E nem foi procês que eu plantei essas manga!

E deixava a coisa no ar, como se, de noite, os bexiguentos saíssem das covas pra chupar manga... Também, um homem esquisito daqueles, cheio de panela, sempre fervendo alguma coisa no fogão, aqueles pedaços de pote, de machadinha de pedra, traste de bugre que ele catava pelos matos, aquele sujeito era capaz até de fazer defunto sair da sepultura pra chupar manga de noite.

Depois de muita hora, resolvia rezar, afastar o perigo da doença. Mas com uma condição: a gente prometer que não ia mais roubar manga no cemitério. Nunca mais! Prometíamos, ele dizia umas palavras emboladas, pegávamos o caminho de casa no maior alívio. Até a próxima vez, que podia ser no ano seguinte. Ou daí a dois, três dias, dependendo das mangas. E da tentação...

No terno de vilão, Zé Gominho puxava a cantiga, os outros respondiam, batendo as caixas. Uma que eu lembro é esta, que Zé Gominho cantava com voz e fala de preto velho:

— Cortei uma arve.

Os outros respondiam, batendo as caixas:

— Arve muito grande.

— Com o arve fiz um ponte.

— Ponte muito grande.

— Neste ponte passou boiada.

— Ponte não caiu.

— Nesse ponte passou carro de boi.

— Ponte não caiu.

— Nesse ponte passou caminhão.

— Ponte não caiu.

— Nesse ponte passou furumigo.

— Ponte caiu!

Aí os tambores tocavam com grande e prolongado rumor.

Hoje em dia

Mudou quase tudo. A Caixa d'Água, que era uma légua de distância da cidade, ficou pertinho, cinco quilômetros no asfalto, nem dá pra sentir a viagem. Passarinho, onça, macaco bugio roncador anunciando chuva, mico estrelo, tamanduá bandeira e mirim, tatu de qualquer raça, tudo morreu, acabou, nem rasto deixou. Nem cheiro ao menos. Cobra, nem pra remédio. Boi nem nome tem. Nasce, cresce e morre sem nome. Também, se não tem mais carro pra puxar...

O rio Vermelho, de água fria e transparente, descendo do morro do Calado, cheio de vida, peixe de qualquer qualidade, maria sapuda virando sapo, rã e perereca? Morreu, virou esgoto. Da cidade e da Companhia de Grafite. Meu pai passa por lá e pergunta, meio pra ele mesmo, meio pra nós, seus descendentes: “Lembram dele? Contem pros seus meninos como aquele tempo era bom. Hoje tem muita coisa boa, mas naquele tempo era de um bom diferente”.

A Casa Velha caiu, não sobrou nem alicerce. A Casa Nova ficou muito velha. Um ciprestezinho plantado do lado de fora hoje é grande e tão antigo que já pede pra morrer, de esquecido que foi. Muita gente se foi: meus dois avôs, minhas avós, tio Sebastião, o do retrato, tio Joaquim, o cinema, junto com seus moradores – Hopalong Cassidy, Roy Rogers e Dale Evans, Cisco Kid, Zorro, Silver e Tonto, Tarzan, Nioka, a rainha das selvas –, o William, meu amigo que trocava revistas comigo na matinê. O Joaquim Chico, o Zé Alípio, o Zé Gomes, o Zé Gominho. A Rádio Difusora de Itapecerica, ZYU-6, 1500 kHz, “gritando para Itapecerica, falando para o Brasil e cochichando para o mundo”, no dizer do Zé do Morro, anda mais silenciosa que minha mãe, até hoje conhecida como Maria Caladinha.

A máquina, o trem, há muito não corre mais. De tão esbaforido que era, morreu também. Sua caixa d’água já não está lá no barranco, seu jardim de flores amarelas, beijinhos, perpétuas, margaridas é puro picão. No lugar da estação, na cidade, a rodoviária. Nem sinal, também, dos dois armazéns, que compunham, com a estação, um estilo e uma época incomparáveis.

Segui os conselhos do Bastião: fui pra São Paulo, “o único lugar que presta no mundo”. Depois fui ver de onde veio o caixote de bacalhau da Noruega, no qual nasci com esta vontade de mar e de mundo. Conheci as terras do Guy de Borgonha, a terra dos mouros, do flautista de Hamelin, das Mil e Uma Noites e Xerazade, de Simbad, do Homem das Neves, dos dragões. Conheci os mundos do Negrinho do Pastoreio, São Sepé, Ana Terra e Matin Fierro, as terras do condor; as Índias de Vasco da Gama, a terra de Lampião e Maria Bonita, a morada da Mãe d'Água, o Norte, o Sul, o Leste, o Oeste, conforme vovô mandou fazer.

O mundo mudou muito, já não tem tatu nem onça. A vida continua mas a morte passou a existir. De tanta informação, tanto prodígio e espanto, é preciso fazer como o Bastião, que ensinava: "Meu rádio só pega o programa que eu quiser".

Bastião, aposentado pelo Funrural, parou de cozinhar pedra, desistiu dos diamantes. Consome seu dinheiro na compra de cadeados pra trancar as porteiras dos mundos de fazendas, para trancar Belo Horizonte e São Paulo inteiros e ninguém mexer. Viajou muito também. Um dia pegou a estrada de ferro de Formiga e sumiu. Levindo, meu irmão, rodou as redondezas de cem, duzentos quilômetros, nada... Distribuiu retratos em delegacias, hospitais, rodoviárias, andou por Belo Horizonte, só faltou procurar em São Paulo. Quando já tinham passado muitos meses e todas as esperanças de encontrá-lo, ele reapareceu. Limpo, de roupa nova, bem tratado, explicou:

— Resolvi viajar, dar um cortejo.

— Pra onde? – perguntou Levindo.

— Saí pra Bahia. Como já tava mesmo no Norte, decidi satisfazer um gosto antigo: conhecer os Estados Unidos. Estados Unidos, sim senhor! Mas quase morri de arrependimento.

— Que que foi que aconteceu? – indagaram.

— Lugar mais desgraçado de longe esse. Olha como fiquei com os pés esbodegados. De tanto andar. E ainda falaram que era logo pra lá da Bahia...

Levindo, testando a cabeça do tio, perguntou:

— Quem sabe o senhor esteve foi no Japão?

Bastião virou bicho:

— Que Japão que nada, menino! O Japão é logo aqui mesmo, bem dizer atrás do morro, agarradinho em Oliveira. Agora até mudou de nome, acho que chama é Carmópolis, não sei...

De vez em quando aparece alguém falando que isso ou aquilo é o fim do mundo, ou que o mundo anda por acabar. Minha mãe, quando olha pro céu, depois de uma tempestade, e vê o arco-íris, fica toda feliz com o sinal da aliança, garante que Deus não vai mais castigar o homem, a gente pode dormir sossegado.

Agora, aquele mundo de antigamente eu acho que acabou mesmo. Pelo menos pra gente. Ficou só na cabeça, no coração, não sei onde é que essas coisas podem ser guardadas.

Só uma coisa sobrou: o vagalume. Ah, o céu também, o Cruzeiro, o longo caminho de São Tiago recortando a última mata de angá. Quem sabe, tendo vagalume e céu estrelado dando cambota é sinal de diamante? Mesmo o Bastião tendo desistido de procurar?

Mateus e Pedro, meus filhos, já conhecem vagalume. Meu pai hoje vai comigo, de noite, ensinar os dois pequenos. Em vez de tição, a gente roda uma lanterna de pilhas. A cantiga é a mesma mas, na boca dos meninos, parece nova, inventada agora: "Vagalume, tum, tum! Seu pai tá'qui, sua mãe tá ali!".

Foi o que sobrou. Parece pouco, mas é um recomeço. Igual quando eu tentava derrubar a Lua, meu pai e vovô Herculano ajudando. Igualzinho.

Obras do autor publicadas pela Caravana

A cidade submersa

Antología Caravana Buenos Aires (em espanhol)

Café com prosa

Casos de Minas

Família Romano - memória, afeto e gratidão

Meu compadre Jacaré

O homem que veio de longe

Os mundos daquele tempo

Tertúlias quixotescas

Um presente para sempre

Este livro foi impresso pela Help Book,
em papel Cartão Triplex 250g/m² para a capa
e papel Pólen Soft 80g/m² para o miolo,
usando tipo Candara, em Araruama, RJ,
em maio de 2022, ano em que a
Bienal Mineira do Livro homenageia
Olavo Romano, Editor Sênior da Caravana.